KB241840

FANTASY FRONTIER SPIRIT
이성헌 판타지 장편 소설

불멸의 대마법사

ARCHIMAGE OF
IMMORTAL

불멸의 대마법사 5

이성현 판타지 장편 소설

초판 1쇄 찍은 날 § 2012년 2월 14일
초판 1쇄 펴낸 날 § 2012년 2월 21일

지은이 § 이성현
펴낸이 § 서경석

편집부장 § 권태완
편집책임 § 박우진

펴낸곳 § 도서출판 청어람
등록번호 § 제1081-1-89호
등록일자 § 1999. 5. 31
어람번호 § 제1-1334호

주소 § 경기도 부천시 원미구 심곡2동 163-2 서경B/D 3F (우) 420-822
전화 § 032-656-4452 팩스 § 032-656-4453
http://www.chungeoram.com
E-mail § chungeoram@chungeoram.com

ⓒ 이성현, 2011

ISBN 978-89-251-2774-3 04810
ISBN 978-89-251-2640-1 (세트)

5

Release

불멸의 대마법사

이성현 판타지 장편 소설

FANTASY FRONTIER SPIRIT

ARCHMAGE OF IMMORAL

청어람
도서출판

CONTENTS

Chapter 36
냉정함의 미덕

1

베르시아 신성력 1386년 2월 11일.

「디 카스(얼어붙어라)!」

제이워드의 주문이 끝나자 지면이 흔들리기 시작했다.

갈라진 틈 사이로 끝이 뾰족한 얼음이 우수수 튀어나왔다. 제이워드의 마법 시전을 이미 알고 있던 아군 병사들은 일찌감치 후퇴하는 척 뒤로 물러섰고, 그들을 쫓아가던 제국군 병사들은 발밑에서 갑자기 솟아오른 얼음에 당황하며 우왕좌왕했다.

3미터의 높이, 500미터의 길이에 달하는 긴 얼음벽은 타원 형태로 제국군의 전진을 막아버렸다. 멋도 모르고 무기를 휘둘러 깨려던 자들은 얼음에서 흘러나온 강한 냉기에 휩싸이더니, 발끝부터 서서히 얼어붙기 시작했다. 급기야 수십여 명이 얼음 속에 갇혀 버렸고 나머지 병사들은 공포에 휩싸인 결과 기사들의 지휘를 무시하고 도망치기 시작했다.

「페 바스(바람이여, 휘몰아쳐라)!」

제이워드로부터 멀리 떨어져 있던 엘레노어는 거대한 회오리를 형성하여 제국군의 진영을 쑥대밭으로 만들어 버렸다. 시전 시간을 반으로 줄이는 듀얼 캐스팅으로 순식간에 서클 6 마법인 사이클론을 다섯 개나 완성시켰다.

강렬한 회오리바람에 휘말린 제국군 병사들은 시야가 빙빙 돌면서 균형 감각을 완전히 잃어버렸고, 지상으로부터 10미터 위로 순식간에 떠올랐다가 지상으로 추락했다. 박살 난 동료의 시체를 본 제국군 병사들은 들고 있던 무기도 내팽개치고 도망가기에 급급했다.

「베른 녀석, 잘하고 있군.」

눈에 마나를 불어넣어 시력을 몇 십 배로 올린 제이워드의 눈에 오로로 빛나는 베른의 대검이 들어왔다.

제이워드가 진영의 왼쪽을, 엘레노어가 오른쪽을 맡는 동안 그는 중앙의 병력을 이끌고 돌진했다. 최전방에서 싸우는 그를 중심으로 자연스럽게 쐐기 모양의 진영이 형성되었다.

자신을 중심으로 강력한 오러 지대를 형성하는 게 특기인 베른은 100미터 이내로 접근해 오는 병사들을 손도 대지 않고 쓰러뜨렸다. 강력한 오러의 압박에 쓰러진 그들의 눈과 코 그리고 입과 귀에서 피가 줄줄 흘러내렸으며, 랭크 4 이하의 오러 유저들은 그의 오러를 버텨내는 데에 급급했다. 결국 그에게 달려드는 이들은 랭크 5 이상의 소드 마스터밖에 없었다.

「흠!」

하지만 오러에 빛나는 그의 대검을 받아낼 자는 아무도 없었다. 공격을 포기하고 모든 오러를 방패에 투입해 막아내려고 했지만, 그가 검을 휘두를 때마다 강렬한 타격음과 함께 방패는 산산조각 나버렸다. 베른 단 한 명을 상대로 랭크 5의 소드 마스터 두 명이 아무것도 해보지 못하고 쓰러졌고, 결국 제국군을 지휘하던 랭크 6의 소드 마스터 케오릭이 나서야 했다.

제이워드는 더 이상 베른을 보지 않고 시선을 뒤로 돌렸다. 이미 승패는 결정난 것이나 다름없고, 베시시 미소를 지으며 나타난 엘레노어를 발견했기 때문이다.

「이번에도 무난하게 이겼네?」

「그래. 너와 베른 덕분이야.」

「덕분이긴. 제이워드 네가 없었다면 이렇게 여유롭게 싸울 수도 없었어.」

공간 이동 마법으로 순식간에 제이워드 뒤에 나타난 엘레노어는 손을 뻗어 그의 이마에 맺힌 땀방울을 걷어냈다.

그와 그녀가 서 있는 곳은 아군 진영의 후위로, 혹시나 올지 모르는 후방의 기습을 막기 위해 자리를 지키고 있었다. 그러나 대마법사로 불리는 그를 섣불리 노리고 덤비는 병력은 아직 없었다.

「아무리 너라고 해도 저 정도 되는 길이의 얼음벽을 형성하려면 마나 소모가 심각한가 보구나.」

「얼음벽에 접근하는 것 자체를 막으려고 추가 효과까지 더해서 그래. 아직 모자라다는 증거야.」

제이워드가 현존하는 마법사 중 최고봉인 아크메이지가 된 이후로 어느덧 3개월이라는 시간이 흘렀다.

그가 이끄는 돌격부대 중 그랜드 마스터 프레드릭과 소드 마스터 나르디안, 그리고 성당기사단의 부단장인 데릭이 다른 곳으로 임시 파견된 틈을 타 제국군은 반격의 기회를 노렸다.

제이워드의 마법을 극히 두려워한 제국군 측에선 클래스 6 이상의 성직자들을 무려 세 명이나 데려왔고, 마법이 통하지 않는 침묵 지대를 광범위하게 유지하면서 마법으로 인한 피해를 최소한으로 할 생각이었다.

하지만 이번 전투에서 제이워드는 아크메이지란 명성과 달리 적극적인 공세를 취하지 않았다. 직접적인 피해를 입히기보단 아군 병사들이 더욱 적극적으로 공격할 수 있게 도와주거나, 제국군의 진격을 늦추고 막는 식의 간접적인 도움만 주었다.

「어머, 베른이 이겼나 봐.」

「그렇군. 역시 베른이야.」

제국군 진영에서 가장 강하게 느껴지던 오러가 서서히 작아지더니 결국 사라져 버렸다. 사기가 오를 대로 오른 반 제국 동맹의 병사들은 환호성을 질렀고, 제국 병사들은 앞다투어 후퇴하기에 급급했다.

승리를 확신한 제이워드는 빠른 속도로 진군하는 병사들을 뒤에서 바라보고 있었다. 사실 맘만 먹었다면 그 혼자만의 마법으로 상대 병력의 1/4을 초토화시킬 수 있었다.

「제이워드, 아직 전용 마법은 완성되지 않은 거지?」

「아직 개선할 점이 너무 많아. 마나 소모량이 극심한 건 둘째치더라도, 완성되기까지 시간이 너무 걸리고 마법이 구현되는 위치 지정이 심히 불안정해. 게다가 그 마법의 특징상 이런 벌판에선 별로 효과적이지 못하지.」

마법의 절정에 이른 아크메이지만이 쓸 수 있다는 전용 마법을 그는 일부러 아꼈다. 자신이 강하다는 걸 새삼 강조하는 것보다 뜻을 함께 하는 이들의 감춰진 실력을 드러내는 게 앞으로의 흐름에 더 이득이 될 거라는 판단 때문이었다.

「무엇보다, 다른 녀석들의 힘을 보여줄 때야. 나 혼자만이 강하다고 인식되는 것보다 다른 녀석들도 그에 만만치 않다는 걸 보여줘야 어떻게 대응할지 머리 아파지는 쪽은 제국이거든.」

「그래서 오늘은 베른을 띄워주기로 한 거고?」

「그래. 저 녀석 명색이 그랜드 마스터인데 도통 자기 어필을 안 하는 타입이란 말이야. 말도 꽤 적고. 이번 기회에 견제해야 할 상대가 한 명 더 늘었다는 걸 제국 놈들에게 확실히 보여줄 셈이야.」

두 달 전, 베른은 프레드릭과의 대련 중 오러의 극에 해당하는 랭크 7 그랜드 마스터에 도달했다. 그럼에도 얼굴에는 기뻐하는 기색이 하나도 없었다. 오히려 같이 대련을 하던 프레드릭이 환한 미소를 지으며 그의 오른손을 꽉 붙들었다.

「지금 와서 하는 말이지만, 네가 계속 제국 측에 있었다면 엄청나게 골치 아팠을 거 같아.」

30대의 나이에 오러의 극에 도달한 그랜드 마스터 프레드릭과 베른, 랭크 6의 소드 마스터 나르디안과 서클 6의 위치 엘레노어가 한 부대에 있다는 사실만으로도 제국군에게 거대한 공포를 가져다주었다.

특히 1년 동안의 공백을 깨고 복귀한 성당기사단 부단장 데릭의 가세는 제이워드의 부대에 날개를 날아준 격이었다.

「날 인정해 주는 거야?」

엘레노어는 살며시 미소를 지으며 은근슬쩍 제이워드의 오른팔에 살짝 매달렸다.

「그래, 넌 마법사로서, 그리고 동료로서 멋진 여성이야.」

「멋지다는 수식어보다 아름답다는 말을 듣고 싶어.」

그녀의 애교에 제이워드의 눈이 살짝 감겼다가 도로 떠졌다. 자신을 어떤 눈으로 보고 있는지 훨씬 전에 알았지만, 지금의 그는 그녀의 구애에 응할 수 없었다.

마법사로서 전투에 참여하기 위해선 그 무엇보다 냉정함이 요구된다. 단순히 강한 마법을 구사해 상대 병력을 줄이는 것에 국한되면 안 된다. 여러 가지 요소와 상황을 항상 머릿속에 담아두고 최적의 상황을 도출해야 한다. 눈앞의 승리를 놓친다 하여도 앞으로의 진행에 도움이 된다면 과감히 패배를 택할 수도 있는 입장이 되어야 한다.

그런 그에게 남녀간의 애정이란 불필요한 감정에 불과했다. 엘레노어 역시 그것을 알고 있음에도 제이워드에 대한 사랑을 숨기지 않고 드러냈다. 사랑에 빠진 인간이란 그렇게밖에 행동할 수 없기에.

「넌 너무 차가워, 제이워드.」

「잘 알고 있어.」

「하지만 그런 점조차 난 맘에 들어. 넌 마법사로서도, 한 명의 남자로서도 나에게 최적이야.」

2

"이 정도 거리면 절대 따라오지 못할 겁니다."

위기의 순간에 나타나 레이지와 일행들을 구해준 여성은 침착한 목소리로 말했다.

그녀가 구사한 서클 6의 빙결 마법 블리저드는 넓은 지역을 눈보라로 휘감아 살아 있는 모든 것을 얼리는 광역 마법이다. 그녀는 그 블리저드의 범위 자체를 딱 한 명의 인간을 휘감도록 제한시켜 위력을 극도로 올렸다. 물론 그랜드 마스터 베른을 영원히 얼리기엔 부족했지만, 그가 스스로 얼음을 깨고 빠져나오기까지 1분 정도의 시간을 벌 수 있었다.

그녀는 베른이 언 것을 확인하자마자 다수의 인원을 공간 이동시키는 마법진을 자신의 주변에 발동시켰다. 그리고 자신의 근처로 오라고 손짓했다. 베른을 둘러싸고 있는 얼음에 균열이 가기 시작하더니, 깨지는 순간 공간 이동 마법이 완성되었고 레이지와 일행들은 빛에 휘감겨 순식간에 베른의 시야에서 사라졌다.

'이곳은……'

레이지는 바닥에 그려진 마법진의 룬 문자 배열을 확인한 뒤 자리에서 일어나 시선을 아래로 내렸다.

깎아지른 절벽 아래로 졸다크 왕국의 수도 소르빈느 성이 한눈에 들어왔다. 레이지는 눈에 마나를 불어넣어 시력을 증폭시킨 뒤 시선을 옆으로 돌렸다. 레이지가 원래 있었던 자리에 홀로 서 있는 베른이 눈에 들어왔다.

'저 여자가 원래 이곳에 있었다면 우리들의 이동을 지켜보고 있었겠군. 그러다가 베른이 다가오는 걸 알아채고 급히 공간 이동 마법으로 우리들 앞에 나타나고, 다시 이곳으로 돌아왔다는 이야기인데……'

아무리 서클 6의 마법사라 하여도 이 정도 거리를 마법으로 이동하기엔 상당한 마나가 소모된다. 더군다나 돌아올 때는 그녀 혼자만이 아닌 다른 일행들까지 함께 공간 이동시켜야 했으므로 검은 가면 너머 감춰진 얼굴은 온통 땀투성이가 되어버렸을 것이다.

처음부터 저 정체불명의 여성은 베른과 맞서 싸울 생각이 없었다. 물론 그녀와 함께 계속 싸웠다면 이길 가능성도 있었지만, 희생자 없이 승리할 가능성은 극히 드물었다.

'기습 뒤에 더 큰 위협이 온다는 상식을 잊고 있었어. 무엇보다 베이그란트의 서에 엘레노어가 써준 서클 6 마법을 쓸 생각조차 못했다니, 제이워드였다면 절대 하지 않을 실수였어.'

레이지는 냉정한 판단을 내리지 못했던 자신을 책망했다.

물론 베이그란트의 서에 적힌 마법을 쓴 후엔 기진맥진했겠지만, 어떻게든 베른의 발을 묶고 콜드란세에 타 최고 속도로 도망갔다면 추적을 따돌리기에 충분했을 것이다.

"아, 여러분. 마법진으로부터 비켜주시지 않겠습니까?"

그녀의 말에 카트린느는 오를레앙을 부축해 뒤로 몇 걸음 물러섰다. 쉐스와 레이지 역시 서로 거리를 벌렸다.

순간 강렬한 빛이 모두의 시야를 가득 메웠다. 레이지는 두 눈을 질끈 감고 고개를 옆으로 돌렸다. 빛이 사라지고 다시 정면을 바라보자 마법진 위에 전혀 예상 못한 '물건'이 나타났다. 오를레앙은 카트린느를 밀치고 그 '물건'에 달라붙었다.

"코, 콜드란세!"

"우선 전하와 여러분들만 급히 이동시키느라 콜드란세에 건 공간 이동 마법은 늦게 발동되었습니다."

오를레앙은 잃었던 연인을 찾은 것마냥 감격에 젖어 마차 콜드란세를 매만졌다. 그런 그를 보는 그녀의 눈이 살짝 웃고 있었다. 레이지는 검은 가면으로 얼굴을 가리고 있는 그녀를 응시했다.

'저 여성의 몸에서 흘러나오는 마나는 어딘가 낯이 익어. 분명히 한 번 이상은 제이워드였을 때 만났음이 분명해.'

문제는 연령대였다. 목소리는 20대 여성의 것이었고, 얼굴은 가면으로 가리고 있어서 파악하기 힘들었다. 유일하게 드러난 눈의 경우 속눈썹이 유난히 길고 눈 주변 화장이 꽤 짙다는 느낌만 받을 뿐이었다.

카트린느는 콜드란세에 엉겨붙어 기뻐하고 있는 오를레앙을 놔두고 정체불명의 여성 앞에 섰다.

"전하를 구해주신 점은 진심으로 감사드립니다만……."

"저를 경계하시는 건 당연한 입장이겠죠. 딱히 불쾌하거나 그런 건 없으니 염려마세요."

카트린느는 오른손에 닿아 있던 도자루에 급히 손을 빼내며 당황했다.

"저는 오를레앙 전하의 신변 보호를 위해 줄리앙 폐하의 명을 받아 파견된 몸입니다."

"아버님께서?"

어느새인가 카트린느와 그녀 사이에 끼어든 오를레앙은 뭔가 관찰하는 듯한 표정으로 상대의 얼굴을 살펴보았다. 콧구멍을 벌렁거리는 모양새가 영 좋지 않아서인지 카트린느가 손을 내밀어 오를레앙의 얼굴을 살짝 가렸다.

"제 입장상 항상 전하를 도와드릴 수는 없습니다. 이번에는 워낙 특별한 경우라 끼어든 것에 불과합니다."

"보아하니 상당한 수준에 이른 마법사 같으신데, 그를 이길 생각은 하지 않았습니까?"

레이지의 질문에 그녀는 시선을 절벽 아래로 옮겼다.

"항상 이기는 것은 불가능하답니다. 상대에 따라서는 도망이 최선의 선택일 수도 있는 법이죠."

'맞는 말이야. 갑자기 베른이 나타나 당황했다고 쳐도, 절대 정면 승부를 해서는 안 되는 거였어. 저 여자가 말한 대로 상대의 발을 묶고 피하는 방법을 택해야 했는데…….'

마법사로서 당연한 사고방식을 잊어버린 레이지는 다시 한 번 자신을 자책했다. 오러와 마법의 융합이 가져다준 강력한 힘에 심취해 냉정함을 잃어버린 것은 분명한 실수였다.

"그러면 전 이만 물러나도록 하겠습니다. 항상 전하를 돕지 못하는 점, 다시 한 번 양해를 구하겠습니다."

그녀는 오를레앙을 향해 고개를 숙인 뒤 마법진 위로 걸음을 옮겼다. 그녀의 입이 룬 문자를 빠르게 읊고 있는 걸 본 오를레앙은 뭔가 알았다는 표정을 지었다.

"오래간만에 신세를 졌군요. 감사합니다, 벨라 선생님."

"별말씀을요. 전하는 항상 저에게…… 앗."

당황한 그녀, 아니, 벨라는 놀란 나머지 시전하던 마법을 중단하고 말았다.

"벨라? 혹시 벨라 M. 알카스님이 아니십니까?"

카트린느의 질문에 벨라는 눈을 살짝 찡그리며 오를레앙을 바라보았다.

"역시 그랬군요, 벨라 선생님."

3

벨라 M. 알카스.

현 발렌시아의 왕인 쥴리앙이 왕자였던 시절 그와 함께 대륙 전쟁에 참여했던 여성으로, 전쟁 도중 본국으로 귀환해 결혼했다. 그후 다시는 전쟁에 참여하지 않았다. 유일하게 공식적으로 맡은 직책은 오를레앙의 마법 선생이었다.

'그래, 벨라였어. 분명히 쥴리앙 녀석의 경호부대 중 한 명이었지.'

레이지가 벨라를 미처 알아보지 못한 까닭은 다름 아닌 그녀의 서클 때문이었다. 전쟁이 한창 벌어지던 당시 그녀는 아버지의 사망을 통보받고 급히 본국으로 돌아갔다.

그때 그녀의 서클은 4. 그 뒤 무려 2단계나 올랐기에 익숙한 마나라 느끼면서도 누구인지 확신할 수 없었다.

"절 어떻게 알아보셨습니까?"

방금 전까지 들렸던 20대의 젊은 여성의 목소리가 아니었다. 실제 나이에 걸맞는 중년 여성 특유의 허스키함이 약간 섞인 음성에 오를레앙은 자신의 코를 오른손 검지로 가리켰다.

"전 한 번 기억한 여성의 향기는 잊지 않습니다."

"하아, 그랬죠."

벨라는 한숨을 내쉬며 얼굴을 가리고 있던 가면을 오른손으로 벗었다.

"선생님의 취향에 대해서 제가 왈가왈부하긴 좀 그렇지만, 이번 컨셉은 좀……."

짙은 화장 덕분에 눈가와 목에 자리 잡은 주름이 완전히 가려졌으며 붉게 칠한 입술과 긴 속눈썹, 그리고 가슴골을 반이나 드러낸 복장은 그녀의 실제 나이를 절대 떠올릴 수 없게 만들었다. 아무리 봐도 20대 중반의 요염한 여성으로밖에 보이지 않았다.

침묵을 지키고 있던 쉐스는 자신도 모르게 시선이 벨라의 가슴골로 향하자 황급히 고개를 저으며 성호를 그었다. 막상 여자에게 환장하는 오를레앙의 눈은 오직 그녀의 얼굴만 바라보고 있었다.

"진짜 벨라님이 맞으십니까?"

카트린느는 왕궁에서 몇 번 벨라를 본 적이 있었다. 젊었을 적 아름다움은 인자함과 나이에 걸맞게 품격있는 미소로 바뀌었고, 그것이 카트린느가 받은 인상이었다.

"여자란 화장만으로도 10~20살 정도는 손쉽게 젊어질 수 있답니다."

"선생님, 그건 화장이 아니라 변장이라고 하는 겁……."

농을 걸던 오를레앙의 입은 매섭게 변한 벨라의 눈초리 때문에 꾹 다물어졌다. 어렸을 적 자신을 호되게 가르치던 악몽이 떠올랐기 때문이다. 왕자인 자신의 엉덩이를 손바닥으로 때린 유일한 인물이기도 했기에.

"흠흠, 변장…… 아니, 화장과 가면으로 본 얼굴을 가리면서까지 정체를 감추시려고 한 건 폐하의 명령 때문입니까?"

"네. 가능하면 전하께도 숨기려고 했지만 이왕 들통났으니 숨길 이유는 없죠. 그 대신, 앞으로 절 알아보시더라도 모른 척하셔야 합니다. 그건 전하뿐만 아니라 여기에 계신 모든 분들께도 해당합니다."

서클 6의 마법사임에도 그녀는 결혼하기 전을 제외하곤 전쟁에 직접 참여하지 않았다. 대신 쥴리앙에게 직접 명을 받아 첩보 활동이나 정보 수집을 담당했다. 경우에 따라서 이중 첩보원 역할까지도 도맡아했다. 마법을 쓰지 않고 외모와 목소리, 심지어 체형까지 바꾸어가며 남들의 눈을 속였기에 그녀의 실체 정체를 아는 이들은 쥴리앙과 오를레앙 외에는 거의 없었다.

그녀가 마법사로서 냉정한 판단을 아직까지 유지하고 있는 이유도 바로 이것에 근거한다. 상대방의 눈을 속이고 자신의 속내를 드러내지 않아야 하는 일의 특성상, 사소한 정이나 감정에 흔들리지 않아야 하기 때문이다.

"표면적으로 절 멀리서 경호하는 역할을 맡으셨다, 이렇게만 알고 있으면 되는 겁니까?"

"역시 전하는 눈치가 빠르시군요."

사실 그녀의 화장은 완벽에 가까웠다. 단지 여성에 대해서만큼은 레이지를 능가하는 기억력을 갖춘 오를레앙이 특이한 것이다.

"그래도 너무 어려 보이려는 화장만큼은 자제해 주시는 게 어떻습니까? 여성의 아름다움과 나이가 서로 상관관계에 있음을 부정할 수야 없지만, 중년 여성만이 지닐 수 있는 매력을 굳이 지우려는 것은 좀……."

"어머, 저에게 매력이라는 단어를 쓰시다니. 역시 그때가 그리우신 건가요?"

그때라는 단어에 오를레앙의 얼굴이 순식간에 새빨갛게 달아올랐다.

"어릴 적의 전하는 외로움을 많이 타셨죠. 툭하면 제 가슴에 얼굴을 파묻고 잠드시질 않나……."

"서, 선생님! 그건 제가 진짜 어릴 때 이야기 아닙니까! 왜 그 이야기를 굳이 이 자리에서!"

"제 아들처럼 생각해서 그때는 그냥 가만히 있었지만, 지금 생각하면 많이 위험했던 것 같군요. 발렌시아 전역에 퍼져 있는 전하의 여성 편력을 감안한다면…… 하마터면 제가 전하의 첫 번째 메이드가 되었을지도 모르겠어요."

"그, 그런 게 절대 아닙니다! 선생님만큼은 절대 그런 눈으로 본 적이 단 한 번도! 없습니다!"

"그렇게 말하면서 지금 여기 보시지 않으셨나요?"

벨라는 두 손으로 가슴골의 옷깃을 조이면서 옆으로 몸을 돌렸다. 오를레앙은 그답지 않게 당황하면서 식은땀을 뻘뻘 흘렸다.

'여자들 대하는 거에 도가 트셨으면서 왜 내 앞에선 항상 저런 모습이실까.'

쥴리앙의 피를 타고나서일까.

오를레앙은 아름다운 여성 앞에선 나이를 불문하고 항상 장미꽃을 꺼내 들며 느끼한 대사를 서스름없이 내뱉었다.

하지만 단 한 명의 여성에 대해서만큼은 예외였다.

"죄송합니다. 오래간만에 전하와 격의 없이 이야기를 나누다보니 예전으로 돌아간 기분이 들어서 말이죠."

옛날처럼 오를레앙을 철부지 제자로 대할 수만은 없었다.

벨라가 고개를 숙여 정중히 사과하자, 오를레앙의 얼굴에 왠지 모를 아쉬움이 자리 잡았다.

"이번에는 운이 좋았는지 아슬아슬하게 타이밍을 맞추었지만, 다음에도 이러라는 법은 없습니다. 항상 전하를 도와드릴 수 없다는 점, 다시 한 번 강조하겠습니다."

그녀는 엄숙하면서도 단호한 어조로 말했다.

중지되었던 마법을 다시 시전하자 벨라의 몸이 보라색 빛에 휘감겼다. 빛이 사라지자 그녀 역시 언제 있었냐는 듯 모습을 감추었다.

오를레앙은 몸을 숙이더니 홀로 덩그라니 남아 있는 마법진의 룬 문자를 손으로 쓰다듬으며 안쓰러운 표정을 지었다.

"폐하의 밀명이라면 필시 위험한 일이겠지. 웬만하면 이젠 그런 일에는 손 떼시지……."

적진에 직접 파고드는 일을 도맡아한 까닭에, 그녀는 물론이고 그녀의 가족들마저 위험에 처하기 일쑤였다. 결국 벨라의 남편은 암살자에 의해 목숨을 잃었고, 두 명의 자식 중 당시 열 살밖에 되지 않았던 아들은 유괴되었다. 몇 달 뒤 돌아온 아들은 차가운 시체가 되어 있었고, 벨라는 아들의 시체를 부둥켜 안고 조용히 눈물을 흘릴 뿐이었다.

그녀가 몸담고 있는 일의 특성상, 아들의 장례식마저 공개적으로 치를 수 없었다. 그저 몇몇 관계자들만 참석한 가운데

'병'으로 요절했다고 공표된 아들의 비석을 그녀는 서글프게 바라만 봐야 했다.

그때 그녀의 눈빛을 오를레앙은 결코 잊지 않았다. 그래서 인지 오를레앙은 어렸을 적 벨라에게 들은 충고를 아직까지 지키고 있었다.

"전하, 그 어떤 일이 있어도 여자를 울리는 남자만큼은 되셔서는 안 됩니다."

제멋대로 어긋날 수 있었던 오를레앙의 여성관에 유일한 제동을 걸어준 옛 스승의 말을 떠올리자, 그의 입가에 씁슬한 미소가 자리 잡았다.

4

베른은 말없이 고개를 들어 소르빈느 성 너머에 있는 절벽을 응시했다. 아주 미약하긴 하지만, 마나의 흔적이 저 멀리서 느껴졌다. 공간 이동 마법이 완성된 곳의 위치를 대충 파악할 수 있었지만 거리상 쫓아가기엔 무리였는지라 포기해야 했다.

'날 방해한 마법사는 도대체 누구였지?'

얼굴을 가면으로 가리고 있었지만, 목소리나 체형으로 봐서 20대 초반 혹은 중반의 여성으로 짐작되었다. 오를레앙이 위기에 처했을 때 나타난 것으로 보아 발렌시아 왕국 출신이라 추측되었지만, 말 그대로 추측에 불과했다.

'날 얼어붙게 한 마법은 분명히 서클 6의 블리저드였어. 그 정도 되는 마법을 좁은 지역에 모아 구현할 정도라면 꽤 수준급의 마법사임이 분명해. 역시 한 나라의 왕자를 그냥 대책없이 밖으로 나돌게 하는 건 아니란 이야기로군.'

베른은 이곳에 자신을 보낸 나르디안의 감에 새삼 감탄하면서도, 다른 변수를 감안하지 않아 일을 그르쳤다는 것에 조용히 분노했다. 만일 또 다시 이런 일을 맡게 된다면, 절대 실패하지 않고 목적만을 최우선적으로 이루겠다는 결심을 굳게 다졌다.

'아니, 지금 중요한 건 그게 아니야.'

그 소년이 구사한 정체불명의 오러가 베른의 뇌리에서 떠나가질 않았다. 뭔가 불안정하긴 했지만, 자신의 랭크 7 오러를 뚫을 정도의 위력은 대륙 전쟁 이후 오래간만에 느껴본 위협이자 스릴이었다.

'단순한 오러 유저는 결코 아니었어. 위력적이진 않았지만 마법도 구사했고……. 도대체 어떻게 된 일이지?'

오러와 마법을 동시에, 그것도 수준급으로 구사하는 인간은 단 한 번도 만나본 적이 없었다. 길고 지루했던 제국과의 전쟁 때에도 마찬가지였다.

'그들이 말했던 걸로 보아, 내가 누구인지 알아챈 것 같기도 해. 나르디안과 상의해야겠어. 앞으로의 일에 예상치 못한 벽이 나타난 것일지도 몰라.'

5

정체절명의 위기에서 벗어난 일행은 콜드란세를 타고 빠른 속도로 숲 사이를 빠져나갔다.

오를레앙은 팔짱을 끼고서 심각한 표정으로 고개를 숙이고 있었고, 쉐스는 정신을 집중한 상태로 주변의 마나를 감지하는 중이었다. 다행히 그들을 위협할 만한 낌새는 발견되지 않았다.

레이지는 입을 굳게 다물고 창문 밖을 응시했다. 비록 얼굴을 가렸다고 해도 베른 정도 되는 거물이 직접 나섰다는 이야기는, 제국 잔당의 행동이 본격적으로 진행 중이라는 해석으로 이어졌다.

'두 명의 그랜드 마스터 나르디안과 베른이 적이라, 절대 만만치 않겠어.'

예상과 맞아 떨어졌다고 해도 베른이 적으로 나서자 그 위력을 절실히 느낄 수 있었다. 적절하게 벨라가 난입하지 않았다면 레이지로 다시 살아나면서까지 한 행동들이 모두 무위로 돌아갈 뻔했다.

'그들에게 맞서기 위해선 프레드릭의 도움이 절실해. 그는 절대 배신하지 않을 거라고 줄리앙과 엘레노어가 말했으니 안심해도 되겠지만…….'

마지막까지 제국을 상대로 손을 잡았던 동료들 중 벌써 두 명이 적으로 나타난 이상, 힘겨운 싸움이 되리라는 건 뻔한 사실이다. 마음 같아서 베아트리체에게도 접근하고 싶었지만 교단에 소속된 이상 어떻게 될지 모른다.

'프레드릭, 기다려. 내가 갈테니까.'

레이지는 창문 밖으로 고개를 내밀더니 정면을 바라보았다.

목적지인 소르빈느 성이 천천히 다가오고 있었다.

6

지하 깊숙한 곳에 위치한 감옥 안에 한 남자가 침묵을 지키며 앉아 있었다. 감방 하나에 최소 다섯 명에서 열 명까지 가두어 놓는 게 관례였지만, 그만은 홀로 감방 하나를 차지하고 있었다. 설사 다른 이들이 있었다 하여도 감히 그에게 말을 건넬 수 없었을 것이다.

햇빛 대신 복도에 매달려 있는 횃불이 유일한 빛이었다. 벽을 이루고 있는 벽돌 사이사이엔 이끼가 잔뜩 끼어 있었고, 처음 감옥에 들어오는 이들이라면 고개를 옆으로 돌리고 인상을 찌푸릴 정도의 악취가 감돌고 있었다.

두꺼운 철제 창살이 그의 시야를 가로막고 있었다. 오러를 견뎌내는 마법이 걸려 있긴 했지만, 그가 맘만 먹는다면 쉽게 탈출할 수 있었다. 그럼에도 그는 감옥 안에 머물러 있었다.

'벌써 3일째인가, 아니, 4일이 지났나……'

한때 졸다크 왕국의 영웅이었던 프레드릭은 두 눈을 감고 며칠 전에 일어났던 일을 떠올렸다.

평상시와 다를 바 없이 집무실에서 제국 잔당의 동향을 기록한 보고서를 읽고 있었다. 부관에게 차라도 부탁하려고 고개를 드는 순간, 방문이 열리면서 창을 든 병사들이 우수수 방 안으로 들어왔다.

그 뒤 들어온 롤리앙스는 비열한 미소를 지으며 문서 한 장을 프레드릭의 얼굴 앞에 불쑥 내밀었다. 맨 끝에 왕의 도장이 찍혀 있는 문서에는 프레드릭을 공금횡령 혐의로 체포한다는 내용이 적혀 있었다.

프레드릭은 포박된 채로 집무실 밖으로 끌려나왔다. 롤리앙스와 함께 온, 레스톤 왕자의 비서 알렉시나 혼자만이 안쓰

러운 눈으로 그를 바라봤지만, 시선이 마주치자 급하게 고개
를 옆으로 돌렸다.

어두컴컴한 감옥에 갇힌 프레드릭은 진위를 가릴 재판 날
짜만을 기다리고 있었다. 자신이 원하는 것은 아직도 사라지
지 않고 모습을 드러낼 날만 기다리는 제국의 그림자를 어떻
게든 나타나지 못하게 막는 일뿐이다. 그런 자신에게 공금횡
령이라니. 말도 안 되는 소리다. 돈이 필요했다면 전쟁을 마
치고 돌아왔을 때 왕국에서 포상으로 내렸던 금은보화를 거
부했을리 없다.

'지금 이 순간에도 제국의 잔당들이 음모를 꾸미고 있을
텐데. 이렇게 갇혀 있을 수는 없는데!'

그는 하루에 수십 번씩이나 감옥을 탈출하고픈 충동에 휩
싸였다. 하지만 그렇게 해서 자신의 결백을 주장한들 오히려
역효과만 나리라는 걸 알기에 꾹꾹 참아야만 했다.

'나는 그저… 과거의 비극이 반복되는 게 싫었을 뿐이야.
그래서 검을 들었고, 제국과 맞서 싸웠어. 영웅 따위 되고 싶
지도 않았어.'

대륙 전쟁 당시엔 그저 검을 들고 제국군과 맞서 싸우는 것
만으로 충분했다. 그의 뒤를 받쳐 주는 든든한 동료들의 힘
과, 제이워드의 지략과 마법은 제국의 위협으로부터 프레드
릭의 모국 졸다크 왕국을 지킬 수 있었다.

평화가 찾아온 이후, 그는 검을 들 필요가 없었다. 자연히 그의 필요성도 사라졌지만 절대 실망하지 않았다. 그 평화가 유지된다면 명성 따위 사라져도 좋았다.

'지금 졸다크 왕국의 평화는 금이 가기 직전의 유리와 같아. 안심해서는 안 돼. 경계를 늦추지 않고 잔당들을 속출해 내기만 해도 충분함에도 왜…….'

기나긴 대륙 전쟁 와중에도 평화로웠던 졸다크 왕국의 시민들과 귀족들은 제국이 안겨다준 두려움에 너무나 둔감했다. 현명했던 왕은 여색에 빠져 집무를 내팽개쳤고, 야심에 가득 찬 왕자는 뭔가 알 수 없는 일을 꾸미고 있었다.

괴로움에 사로잡힌 프레드릭의 머리에 옛 추억이 순서대로 떠오르기 시작했다. 자신들을 위해 목숨을 바친 데릭, 자신을 추천해 '그'를 만나게 해준 발렌시아의 왕자였던 쥴리앙, '그'를 가장 사랑했음에도 결국 그의 마음을 얻지 못하고 떠났던 엘레노어…….

'제이워드, 네가 살아 있었어야 했는데. 너무나 보고 싶어.'

마지막으로 떠오른 이는 이미 고인이 된 동료였다.

Chapter 37

공허한 평화

1

　다섯 대의 마차가 빠른 속도로 줄지어 숲을 가로질러 가고
있었다.
　마차 측면에 그려진 문양은 카르도니아 왕국에서 파견되
었음을 알리는 문장이었다. 그중 두 번째 마차에 탄 여성은
흐뭇한 표정으로 오른손에 든 와인잔을 매만지고 있었다.
　"후후, 좋아."
　길게 기른 붉은 머리카락이 인상적인 그녀는 같은 색깔의
와인을 바라보며 미소를 짓고 있었다.
　"기분이 좋으신 것 같습니다."

"그야 당연하지. 단지 서클 하나가 오른 것만으로도 이렇게 대접이 달라질 줄 몰랐어. 왕실의 문양이 새겨진 마차를 타게 되다니. 만일 아크메이지가 된다면 상상도 못할 대접을 받게 되겠지?"

"모두 스승님의 뛰어난 능력 덕분입니다."

그녀의 맞은편에 앉은 남자는 자신보다 어린 '스승'의 비위를 맞추기 위해 내키지 않는 아부를 서슴치 않았다.

"하지만 너무 늦은 감이 없지 않아. 이제야 나를 인정해 주다니. 사람 볼 줄 모르는 인간들이 너무 많았어."

칸나 M. 오르덴.

대륙 전쟁에서 맹활약한 아크메이지 제이워드의 유일한 수제자이자, 그의 뒤를 이을 거라 기대되는 서클 6의 마법사다.

그녀가 서클 6에 도달했다는 소식이 알려지자 카르도니아 왕국은 열광의 도가니에 휩싸였다. 대마법사 제이워드의 죽음 이후 카르도니아 왕국은 다른 국가들에 비해 입지가 훨씬 줄어드는 걸 막을 수 없었다. 그렇기에 그가 서클 6이 되었다는 소식을 접하자마자 왕실 차원에서 그녀에 대한 지원을 전폭적으로 시작했다.

귀족들도 칸나의 비위를 맞추기 위해 파티가 열릴 때마다 초청장을 보내는 것을 잊지 않았다. 그녀가 가지고 있는 대마법사 제이워드의 후광 덕분인지 제자인 칸나 본인의 이미지도 급상승하기 시작했다.

그 결과 칸나는 졸다크 왕국으로 파견되는 사절단의 일원으로 참가했다. 이미 케이서스 공화국의 그랜드 마스터 나르디안과 연이 닿아 있는 상황이었지만, 매번 나르디안에게 무시당하는 입장에서 벗어나기 위한 일종의 반항이기도 했다.

"졸다크 왕국의 고위층과 인맥을 형성할 수 있다면, 더 이상 그년도 날 예전처럼 무시하지 못할 거야."

순간 칸나의 눈이 찌푸려졌다.

서클 6이 되었음에도 자신을 대하는 나르디안의 태도는 변함이 없었다. 덩달아 베른마저 무시와 경멸에 가깝게 대하자 반감은 더욱 커져만 갔다.

"두고 보라고. 다시는 날 무시할 수 없도록 만들어줄테니까."

칸나는 와인잔을 기울여 단숨에 비웠다. 고든은 와인병을 꺼내 도로 잔을 채워주었다.

2

졸다크 왕국의 소르빈느 성(城).

20여 년간 진행되었던 대륙 전쟁의 피해를 단 한 번도 입지 않은 왕국의 수도여서 그런지 화려하면서 웅장한 자태를 드러냈다. 더욱이 전쟁 이후 엄청난 부를 거머쥐게 된 졸다크 왕국은 자신들의 수도를 대륙에서 가장 아름다운 도시로 만들기 위해 정성을 다했다. 그 결과 관광 도시로도 명성을 날리게 되었다.

정중앙에 위치한 왕성을 기준으로 잘 닦여진 십자로 양 옆에는 나무와 꽃을 심어 단지 길을 걸어가는 것만으로도 훌륭한 관광 요소가 되었다. 왕성 근처에 설치한 해자에는 물고기를 공수해 집어넣고 돌과 풀을 곳곳에 배치한 결과 아름다운 호수가 되어버렸다.

그 외 성 안의 모든 건물을 재건축해 깔끔하고 아름답게 만들었고, 많은 인력을 투여해 거리 곳곳을 청소한 결과 그 흔한 쓰레기 하나 찾아볼 수 없게 되었다.

거리를 활보하는 시민들은 평화를 만끽하며 행복한 표정을 짓고 있었다. 그 '평화'를 자신들에게 제공해 준 이들이 어떤 입장에 처해 있는지 조금도 알지 못한 채로.

"정말 아름다운 도시로군요."

무사히 입성한 마차 콜드란세는 여유로운 속도로 소르빈느 성 안을 이동 중이었다. 오를레앙은 고작 한 시간 전에 있었던 공포를 완전히 잊은 채 창밖으로 스쳐 지나가는 도시 전경을 둘러보며 혀를 내둘렀다. 대륙 전쟁 이후 가장 강대한

세력 중 하나인 발렌시아 왕국의 왕자의 입에서 그런 소리가
나올 정도였다.

"역시 대륙 전쟁 당시 거의 유일하게 피해를 입지 않는 국
가답습니다. 전쟁의 아픔을 조금도 느낄 수가 없어요."

오를레앙의 말 속에는 부러움보다는 의아함이 강하게 묻
어 나왔다. 치열했던 전쟁이 끝난 지 고작 5년도 채 되지 않
았는데 이렇게까지 아름다운 공간이 존재할 수 있다는 것에
고개를 설레설레 저었다.

"하지만 이 아름다움 따위 비교도 할 수 없을 정도로, 위대
한 분을 만나게 되는 것에 너무 설렙니다."

오를레앙의 두 눈은 기대에 부풀어 반짝이고 있었다.

"프레드릭 때문입니까?"

"네, 전에도 말한 것 같지만 오러를 익힌 인간이라면 당연
히 그분을 평생에 한 번이라도 뵈어야 합니다. 일종의 성지순
례랄까요? 그랜드 마스터를 뵐 기회란 한 나라의 왕자인 저로
서도 꽤 힘듭니다."

"이미 한 번 보지 않았습니까? 베른도 어엿한 그랜드 마스
터입니다만."

레이지의 지적에 오를레앙은 온몸에 소름이 돋아버렸다.

그 전까지 오를레앙이 지녔던 그랜드 마스터에 대한 감정
은 순수한 동경만으로 가득 차 있었지만, 랭크 7의 오러가 얼

마나 무서운 것인지 체험한 지금은 동경이 차지하던 자리의 반을 두려움과 경외가 차지해 버렸다.

"뭐, 같은 그랜드 마스터라 해도 두 녀석의 오러 운용 방식에도 차이가 분명히 존재하고 성격도 미묘하게 다르니……."

강력한 오러를 자신의 주변에 내뿜으며 압도하는 전투 방식을 취했던 베른과 달리, 프레드릭은 직접 적 한가운데를 파고들며 저돌적인 공격을 행했다. 제이워드 시절 만나본 이들 중에 가장 말수가 적고 무뚝뚝했던 베른에 비하면 프레드릭은 감정 표현을 나름 하는 편에 속했다.

결정적으로, 지금 적인지 같은 편인지를 떠나 우정이라는 단어를 적용시킬 수 있는 쪽은 애초에 프레드릭이었다.

"휴우, 방금 전 일만 생각하면 지금도 식은땀이 흐릅니다. 진짜 벨라 선생님이 나서지만 않았다면 어떻게 되었을지……."

오를레앙은 손수건으로 이마를 닦으며 한숨을 내쉬었다. 그랜드 마스터를 상대로 살아서 도망쳤다는 사실을 떠올리면 떠올릴수록 거짓말 같았다.

"그나저나, 졸다크 왕국은 현재 케이서스 공화국과 국경선 문제 때문에 분쟁중이라고 하는데 그런 것치곤 너무나 평화롭군요."

크루디아 제국이 사라진 지금 대륙은 여러 국가들이 서로 눈치를 보며 각자의 영토를 넓히기 위한 크고 작은 분쟁이 진행 중이었다. 그중에서도 졸다크 왕국과 케이서스 공화국과의 알력 다툼은 많은 이들의 시선을 집중시키는 중이었다.

대륙 전쟁 당시 명성을 날렸던 세 명의 그랜드 마스터가 직접 참여한다면 격렬한 전쟁으로 진화될 가능성이 크다. 하지만 아직까지도 그 세 명이 직접 나선 적은 한 번도 없었다.

"서로 다른 국가들이 존재하는 한 전쟁은 피할 수 없습니다. 그렇다고 전쟁의 발발 자체를 정당화시켜서는 안 됩니다. 얻는 것보다 잃는 것이 훨씬 많다는 것만은 확실하기 때문입니다."

제이워드로서 반평생 넘게 전쟁터에서 몸을 담아왔지만, 레이지는 전쟁이 절대 필요하다고 느낀 적은 단 한 번도 없었다.

레이지는 창문 밖으로 고개를 내밀더니 정면을 바라보았다. 하늘 높이 솟아오른 왕성이 한 눈에 들어왔고, 수십여 명의 병사들이 도로 양 옆에 부동자세로 줄지어 서 있었다.

병사들을 뒤에 거느리고 길 한가운데에 홀로 서 있는 19살의 소년, 레스톤 왕자는 콜드란세에 새겨진 발렌시아 왕가의 문장을 알아보고 미묘한 미소를 지었다.

하지만 레이지는 레스톤과 눈이 마주치자 본능적으로 얼굴을 살짝 찌푸렸다.

"졸다크 왕국에 오신 걸 환영합니다, 오를레앙 왕자."

레스톤은 마차에서 내린 오를레앙에게 다가가 오른손을 내밀었다.

"직접 레스톤 왕자께서 배웅을 나오실 줄은 몰랐습니다. 영광으로 여기겠습니다."

오를레앙은 레스톤과 악수를 나눈 뒤 본능적으로 그의 왼쪽에 서 있는 여비서 알렉시나를 바라보았다. 그리고 '본능적'으로 카트린느에게 장미꽃을 꺼내달라고 신호를 보냈지만, 그녀는 굳은 표정으로 깔끔히 무시했다.

"소르빈느 성의 인상은 어떠하신지 조심스럽게 물어보고 싶습니다만."

"아주 아름답고 아늑한 도시로군요. 나중에 본국으로 돌아가면 프란디스 성도 이렇게 꾸미고 싶을 정도입니다."

"과찬의 말씀입니다."

서로 정중한 말을 건네며 미소로 화답했지만 두 왕자의 마음속까지 그렇진 못했다.

'이런 시기에 갑자기 방문이라니, 무슨 꿍꿍이속이지?'

발렌시아의 왕태자 오를레앙이 소르빈느 성에 입성했다는

보고를 알렉시나에게 받자마자 레스톤은 서둘러 그를 맞이할 준비에 정신이 없었다. 반 제국파로 잘 알려진 발렌시아 왕국의 정통 후계자가 느닷없이 방문한 까닭에 레스톤의 신경은 상당히 곤두서 있었다.

'나보다 대여섯 살 어려 보이는데, 왕궁 내의 경험치는 왠지 나보다 배는 되어 보이는군.'

반면 오를레앙은 자신처럼 한 나라의 후계자라는 위치에 있는 레스톤을 날카로운 눈빛으로 뜯어보기 시작했다. 그가 보여준 미소가 단지 대외용이라는 건 한눈에 파악했다. 그리고 그 너머 뭔가 알 수 없는 꿍꿍이를 진행 중이라는 것도 어렴풋이 짐작되었다.

"미리 연락이라도 하셨다면 오를레앙 왕자의 방문을 웅장하게 맞이했을 텐데 아쉽군요."

'뭔가 냄새를 맡고 찾아온 건 아니겠지? 난 발렌시아 왕국과는 그다지 친교를 나누고 싶은 마음이 없다고.'

"아닙니다. 고작 문서 한 장 전달하러 온 것인데 거추장스럽게 만들 수야 없습니다. 말씀만으로도 충분히 감사합니다."

'나의 눈을 속이기 충분한 시간을 벌지 못해 꽤 불만스럽겠지? 뭘 꾸미고 있는지 몰라도 나 때문에 상당히 귀찮아하는 눈치야. 그렇다면 더욱 귀찮게 만들어줄 수밖에.'

서로 건네는 말과 상이하게 다른 마음을 대외용 미소로 감추면서 두 왕자의 이야기가 이어졌다.

　"오랫동안 이동하시느라 많이 피곤하실 걸로 생각됩니다. 우선 왕궁 안으로 들어오셔서 그동안의 피로를 푸시기 바랍니다. 조만간 오를레앙 왕자님을 환영하기 위한 파티가 열릴 예정이니 꼭 참석을 부탁……."

　"아, 도중에 말을 끊어서 죄송합니다만 그 파티 이전에 개인적으로 꼭 뵙고 싶은 분이 있는데 만남을 주선해 주시지 않겠습니까?"

　오를레앙의 말에 레스톤은 고개를 갸웃거렸다.

　왕자인 자신에게 직접 부탁을 할 정도라면 쉽게 만날 수 없는 인물임이 분명하지만, 그가 알고 있는 오를레앙은 졸다크 왕국과 그 어떤 점접도 없었다.

　"아실는지 모르겠지만 전 미흡하게나마 오러를 익히고 있는 몸입니다. 오러 유저로서 졸다크 왕국의 영웅이자 그랜드 마스터인 프레드릭 경을 반드시 뵙고 싶습니다!"

　"프… 레드릭 경, 말입니까?"

　"네! 왕자님이라면 그분과의 만남을 충분히 주선해 주실 수 있겠지요?"

　오를레앙은 두 눈을 반짝거리며 기대감에 부풀어 있었다. 하지만 레스톤은 헛기침을 반복하며 곤란한 표정을 짓고 있었다.

"프레드릭 경을 만나시기엔 좀⋯⋯."

"혹시 어디라도 편찮으신 겁니까? 아니라면 여행이라도 떠나셨습니까? 제가 알고 있는 바 프레드릭 경은 소르빈느 성에 거주하신다고 알고 있습니다. 반나절, 아니 한 시간이라도 좋으니 그분을 뵙고 싶습니다."

"지금 프레드릭 경을 만나시는 건 힘듭니다."

"헉! 무슨 일이라도 생긴 겁니까?"

"이런 말씀드리기가 참 뭐한데⋯⋯. 프레드릭 경이 그런 일을 저지를 줄 몰랐기에 저도 처음에 반신반의했습니다."

'프레드릭이?'

레이지가 알고 있는 프레드릭은 고지식한 편이지만 뭔가 사건을 터뜨릴 인간은 절대 아니었다. 레이지는 가만히 오를레앙의 옆에 서 있으면서 둘의 대화에 집중했다.

"얼마 전, 전후 상이군인들을 위해 쓸 위로금을 프레드릭 경이 횡령했다는 사실을 감찰부서로부터 보고받았습니다."

"네? 프, 프레드릭 경이 공금횡령을?"

오를레앙은 크게 입을 벌리며 말도 안 된다는 표정을 지었다. 레이지는 놀란 티를 내지 않고 레스톤 옆에 있는 알렉시나와 병사들의 표정을 확인했다. 알렉시나의 얼굴에는 그림자가 내려와 있었고, 병사들은 아무렇지 않다는 듯 부동자세를 유지하고 있었다.

"혹시나 해서 제가 직접 해당 보고 문서와 관련 자료들을 하나씩 꼼꼼히 확인해 봤습니다. 아쉽게도 사실이더군요."

"그럴 리가……."

"사실 그분이 이루어놓은 업적에 비한다면 가볍게 넘길 수 있는 문제이기도 합니다. 하지만 영웅이라 해서 그 죄를 눈감아준다면 더 큰 비리로 발전할 수 있습니다. 현재 프레드릭 경은 소르빈느 성 외각에 위치한 감옥에 수감 상태입니다."

레스톤은 담담한 어조로 말을 이어나갔고, 오를레앙은 고개를 가로저으며 그럴 리 없다고 부정했다.

"부끄러운 일이라 사실 알리고 싶지 않았습니다만, 오를레앙 왕자님이라 특별히 알려 드린 것입니다."

레스톤은 말을 마친 뒤 오를레앙과 함께 온 이들을 하나씩 찬찬히 뜯어보았다.

"같이 오신 분 중에 베르시아 교단 분도 계신 것 같군요."

자신을 알아본 레스톤의 말에 쉐스는 성호를 그으며 화답했다.

"베르시아님의 가호가 레스톤 전하에게 깃들기를. 쉐스라고 합니다."

"오, 쉐스님이라면 혹시… 마법에도 능통하신 세이지 쉐스 S. 트리움님이 아니십니까?"

"과찬의 말씀이십니다."

세이지라는 단어에 묵묵히 입을 다물고 있던 병사들이 슬쩍 귓속말을 주고받기 시작했다.

"쉐스님 옆에 계신 분은?"

"길레터 왕국의 레이지 크로이덴이라고 합니다."

"크로이덴? 길레터 왕국이라면 혹시……."

"아버님의 성함은 케인즈 A. 크로이덴, 형님은 케이지 A. 크로이덴이라고 합니다."

"오, 무려 소드 마스터가 두 분이나 있는 크로이덴 가문이셨군요. 만나뵙게 되어 영광입니다."

케인즈 그리고 케이지의 이름을 들은 후에야 레스톤은 레이지를 알아보고 감탄사를 내뱉었다. 그리고 그를 바라보는 눈이 살짝 찡그러졌다가 원래대로 돌아갔다.

"전 아직 아버님과 형님의 명성에 턱없이 모자라는 터라 영광이라는 단어는 어울리지 않습니다."

"한 가문에 세 명의 소드 마스터가 배출될지 그 누가 압니까? 그 나이에 벌써 랭크 3의 실력을 갖출 정도라면 충분히 가능하리라 생각됩니다."

레스톤 역시 오러 유저인지라 레이지의 랭크를 단번에 알아봤다. 하지만 케인즈와 케이지의 명성과 함께 이어져 퍼진 레이지의 '소문'에 대해서도 알고 있는 터라 속으로는 비웃고 있었다.

"오를레앙 왕자님, 이렇게 대단하신 분들을 어떻게 알게 되셨는지 꽤 궁금하군요."

"설명하자면 꽤 긴 이야기가 될 겁니다. 나중에 레스톤 왕 자님과 함께 술이라도 한잔하면서 나누어보도록 하죠."

"바라던 바입니다. 그런데……."

레스톤은 말을 하던 도중 오를레앙의 어깨 너머로 시선을 돌렸다. 마차 한 대가 멈춰서더니 문이 열리면서 한 여성이 모습을 드러냈다.

"이런이런, 오늘은 진짜 무슨 날인가 봅니다. 귀하신 분이 두 분이나 오실 줄이야. 오를레앙 왕자님, 잠시만 실례하겠습 니다."

레스톤은 마차에 그려진 문양을 알아보고 미소를 지었다.

그는 오를레앙 옆을 스쳐 지나간 뒤 여성을 향해 다가갔다.

자연스럽게 뒤를 돌아본 레이지는 순간 눈썹 사이가 찡그 러지며 이를 악물었다.

절대 잊을 수 없는 얼굴이었다.

제이워드였을 시절 유일하게 제자로 거두어들였지만, 그 것이 제이워드의 유일한 오점이 되어버렸다. 기록상으로는 대마법사의 유일한 제자였던 덕분에 별다른 노력 없이 그의 유산을 물려받을 자격을 지닌, 붉은 머리카락의 여마법사를

레이지는 죽일 듯한 눈초리로 노려보았다.

　'칸나!'

4

　"졸다크 왕국에 오신 걸 진심으로 환영합니다, 칸나님."

　레스톤은 칸나의 오른 손등 위에 가볍게 키스하면서 인사를 했다. 한 나라의 왕자가 자신을 정중하게 맞이하자, 그녀는 기쁜 나머지 만연에 미소를 지으며 표정 관리에 실패했다. 옆에 서 있던 비서이자 수석제자인 고든이 눈치를 주자, 칸나는 황급히 왼손으로 입을 가렸다.

　"예상보다 일찍 도착하셨군요."

　"한시라도 더 빨리 졸다크 왕국에 오고 싶었답니다."

　사실 칸나의 도착 예정일은 내일이었다. 그런데 예상도 못한 오를레앙이 모습을 드러내고 그녀마저 앞당겨 오자 레스톤의 머릿속은 표정과 달리 매우 복잡해진 상태였다.

　한 나라의 왕자가 자신을 정중히 대하자 칸나는 뿌듯함에 벅차 기쁨을 감추지 못했다. 결국 고든은 그녀를 제지하는 걸 포기하고 가만히 서 있기만 했다.

　"레스톤 전하, 뒤에 계신 분들은?"

　"아, 발렌시아 왕국에서 오신 오를레앙 왕자님과 그분의 일행입니다."

"발렌시아 왕국의?"

가능한 한 많은 이들과 인맥을 형성하고픈 칸나는 왕자라는 말에 화색을 띄며 오를레앙을 바라보았다.

"처음 뵙겠습니다. 위대한 대마법사 제이워드의 수제자인 칸나 M. 오르덴이라고 합니다."

제이워드라는 단어가 그녀의 입에서 튀어나오자 오를레앙은 흠칫 놀라며 곁눈질로 레이지를 살폈다. 다행히도 레이지의 얼굴에는 별다른 표정 변화가 없었다.

'화내지 말자. 침착해져야 해. 지금 내가 섣부르게 감정을 드러내 봤자 얻을 수 있는 건 하나도 없어.'

레이지의 차분한 대응에 오를레앙의 긴장은 서서히 풀렸다. 그리고 '본능적'으로 칸나를 샅샅이 훑어봤다. 카트린느는 한숨을 내쉬며 장미꽃을 꺼내려고 했지만, 오를레앙이 손을 뒤로 내밀더니 손을 저었다.

"전하의 명성은 익히 들어 알고 있습니다. 이렇게 만나뵙게 되어 영광스럽습니다."

"아닙니다. 전 아직도 많이 부족할 따름입니다."

칸나는 오를레앙 옆에 서 있는 자들을 하나씩 살펴봤다. 그러다가 문득 레이지에게 시선이 고정되었다.

"어머, 저분이 허리에 차고 계신 그것……. 혹시 베이그란트의 서 아닌가요?"

"아, 이것 말입니까?"

레이지는 감정을 드러내지 않고 태연스럽게 베이그란트의 서를 집어 들어 내밀었다.

칸나는 혀로 입술을 살짝 핥더니 탐욕스러운 눈빛으로 베이그란트의 서를 바라보았다. 이제까지 나르디안과 베른에게 무시당했던 서러움 때문일까, 그녀는 자신을 더욱 강하게 만들 수 있는 마법 아이템을 보고 그냥 지나칠 수 없었다.

"보아하니 오러 유저이신 거 같은데, 괜찮으시다면 저에게 파시지 않겠어요?"

"네?"

레이지는 어이없다는 반응을 보이며 그녀를 쳐다보았다.

"물론 가격은 섭섭하지 않게 쳐 드리겠습니다."

베이그란트의 서는 단순히 거금으로 거래될 성질의 물건이 아니다. 비록 마리에타로부터 손쉽게 건네받긴 했지만, 그건 원 소유자인 펠튼의 허락이 있었기에 가능한 일이다. 그리고 그 허락이 내려졌다는 것 자체가 얼마나 무거운 의미를 지니고 있는지 레이지는 잘 알고 있었다.

그런데 고작 돈으로 이 물건을 얻으려고 하다니.

'이건 상식 이전의 문제야. 한때나마 내가 이딴 년을 제자로 삼았다니, 일생일대의 수치다.'

그는 몇 번이나 되풀이했던 후회를 반복하며 얼굴을 살짝 찡그렸다. 자신의 뒤에 서 있는 레이지의 살기가 느껴지자 오를레앙은 다시 긴장하기 시작했다.

하지만 그런 레이지를 칸나를 제외하고는 그 누구도 이상하게 보지 않았다. 마법을 익힌 쉐스는 물론이고, 칸나의 비서 고든도 벙찐 얼굴로 칸나를 물끄러미 쳐다보았다. 심지어 레스톤 왕자마저 어이없다는 반응을 보였다.

"죄송하지만 제가 사랑하는 여성에게 징표로 받은 물건이라, 함부로 남에게 넘길 수 없습니다."

"아, 그렇다면 그 여성분께도 제가 보답해 드린다면 문제 없겠죠?"

칸나는 소유하고 있는 값비싼 보석을 내밀 작정이었다. 여자라면 그깟 사랑의 징표 따위 빼앗겨도 반짝이는 보석의 아름다움 앞에선 고개를 끄덕이며 입을 다물거라는 확신 때문이었다.

"그 여성분의 할아버지가 펠튼 M. 포르테님이십니다. 정확히는 그분의 허락을 받아 손녀이신 마리에타님이 저에게 주신 겁니다."

"페, 펠튼?"

펠튼이라는 이름에 칸나의 안색이 싹 바뀌었다.

그녀는 베이그란트의 서로부터 시선을 떼고 다른 곳으로

휙 돌렸다.

"시, 실례했습니다. 전 이만 물러나도록 하죠."

그녀는 애써 당황한 모습을 감추면서 황급히 마차로 도로 올라탔다. 고든은 식은땀을 흘리며 오를레앙과 레스톤에게 고개를 조아리며 사과했고, 뒤따라 마차에 몸을 실었다.

5

레스톤의 안내를 받아 소르빈느 왕성 안으로 들어온 레이지 일행은 귀빈실에 도착했다.

"그러면 편안한 시간 되시길 바랍니다."

레스톤이 방문을 닫고 사라지자 오를레앙은 의자에 털썩 앉았다. 걸어오는 내내 레스톤과 보이지 않는 신경전을 계속해야만 했기에 기력이 상당히 소모되었다.

"하아, 너무 지치는군요. 카트린느, 그대도 상당히 피곤할 텐데 서 있지 말고 앉도록."

"알겠습니다."

그녀 역시 지치기는 마찬가지였다. 타국의 왕성 안에 들어왔기에 오를레앙의 경호에 온 신경을 곤두세워야 했다. 쉐스는 오를레앙 맞은편 의자에 앉았다가, 옆에 레이지가 앉는 걸 보더니 슬그머니 의자를 옮겨 그와의 거리를 벌렸다.

"레이지님, 괜찮습니까?"

"네, 걱정하실 필요 없습니다."

"아주 잠시지만, 당장에라도 달려들듯한 눈빛이었습니다. 옆에서 태연한 척하느라 진땀이 다 났습니다."

칸나의 예상 못한 등장은 가뜩이나 지친 오를레앙을 기진맥진하게 만들었다. 다행히 아무런 사건도 일어나지 않아 천만다행이었지만, 베이그란트의 서를 알아보고 말도 안 되는 이야기를 꺼낼 땐 이젠 끝이라고 절망하기까지 했다.

"차갑기로 소문난 제이워드의 명성과는 전혀 거리가 멀군요."

"쉐스님! 함부로 그 이름을 언급하지 마십시오!"

오를레앙은 정신을 차리더니 주변을 둘러보았다.

"걱정하시 않으셔도 됩니다. 저희들의 이야기를 엿들을지 모르는 쥐새끼의 낌새는 없으니까요. 도청용 마법도 감지되지 않고요. 기껏해야 마나와 오러를 억제하는 정도입니다."

레이지의 말에 오를레앙은 다시 긴장을 풀더니 어깨를 축 내렸다.

"그래도 만약의 경우는 배제해야겠죠."

레이지는 양손에 끼고 있던 반지를 모두 빼낸 뒤 룬 문자를 읊었다. 그러자 그의 몸에서 흘러나온 마나가 방바닥을 타고 천천히 주변으로 퍼졌다.

"이제 저희들이 하는 말은 방 밖으로 절대 흘러나가지 않을 겁니다. 그럼에도 밖에서 하는 이야기는 들을 수 있죠."

레이지의 차분한 태도에 오를레앙은 다른 의미로 긴장하기 시작했다. 영혼 전이 마법의 부작용에 의해 차갑기 이를 데 없었던 제이워드와는 달라졌다고 해도, 감정을 쉽게 억누르는 부분에서 적지 않게 놀라고 있었다.

"아까도 말했지만 괜찮습니다. 이 정도에 흥분을 가라앉히지 못한다면 제가 모자라다는 증거에 불과하죠."

자신을 직접 죽인 나르디안에 대한 증오에 비하면, 칸나에 대한 감정은 괘씸하다는 정도에 불과했다. 두 여성 모두 언젠가는 해치워야 한다는 결심에는 변함이 없었지만.

"그런데 예상 밖이었습니다. 전하께서 칸나를 보자마자 항상 하시던 것처럼 느끼한 포즈로 장미꽃을 건네주실 줄 알았는데……."

칸나의 인성과 실력은 둘째치더라도, 미모만큼은 오를레앙이 그냥 지나칠 정도는 절대 아니었다.

"향기가 없는 장미에는 관심없습니다."

오를레앙은 탁자에 놓여 있는 꽃병에 손을 가져가더니, 한 송이를 집어 들고는 코로 가져갔다.

"단순히 아름답고 능력이 있다 해서 향기는 피어오르지 않습니다. 깊숙한 곳에 내제되어 있는 매력이 꽃을 피워야 하지요. 믿으실지 안 믿으실지 자유이지만 전 그런 여성을 본능적으로 구별할 수 있습니다."

"과연, 폐하의 핏줄을 타고나신 게 확실하군요."

레이지는 미소를 지으며 한창 활동하던 시절의 줄리앙을 떠올렸다. 이상하게도 그가 택한 여성들은 단순히 아름답다는 수준에 그치지 않고 여러 부분에서 맹활약했다. 왕성에 도착하기 전 자신들을 구해주었던 벨라 역시 그런 여성들 중 하나였다.

"칸나를 그대로 놔줄 작정입니까?"

오를레앙의 질문에 레이지의 눈매가 날카롭게 변했다.

"제멋대로 제이워드의 이름을 남발하면서 그 명성에 기대려고 하는 모습이 과히 좋아보이진 않습니다. 게다가 그녀의 후견인은 다름 아닌 나르디안 아닙니까? 지금 살려둔다면 훗날 큰 변수로 작용할지도 모릅니다."

"저도 마음 같아서야 당장에 죽이고 싶습니다. 하지만 증거를 안 남기고 그러기엔 다소 무리입니다."

레이지는 칸나를 보자마자 그녀의 서클을 확인했다. 서클 6에 올라섰음을 확인하고선 무리해서는 안 된다고 판단했다. 무엇보다 그녀 역시 왕성에 머무를 것이 분명한 이상, 섣불리 움직였다간 일이 꼬일 뿐이다.

바로 그때 방문 너머로 노크 소리가 들렸다. 오를레앙은 깜짝 놀란 나머지 탁자 위에 얼굴을 처박을 뻔했다. 지금까지 나눈 대화가 혹시 새어 나가지 않았을까 하는 긴장이 방 안을 가득 메웠다. 오직 레이지만이 여유로운 표정을 짓고서 방문을 열었다.

하녀 복장의 여성이 허리를 숙여 오를레앙에게 인사를 한 뒤, 방 안으로 들어왔다. 뒤이어 같은 복장의 여성들이 줄지어 따라 들어왔다.

"그, 그대들은?"

"레스톤 전하께서 오를레앙 전하와의 친목을 위해 친히 저희들에게 접대하라고 명하셨습니다."

"흐음……."

오를레앙은 총 열 명의 하녀의 얼굴 하나하나를 꼼꼼히 살펴보았다. 그러더니 맨 처음 들어온 하녀를 손가락으로 가리켰다.

"그대, 이름이 무엇인가?"

"마를리네라 하옵니다."

"마를리네 양, 이몸은 발렌시아 왕국에서 여기까지 오느라 심히 몸과 마음 모두가 피곤하다오. 이렇게 아름다운 여성들을 눈앞에 두고 할 말은 아니지만, 혼자 있고 싶다오. 레스톤 왕자께 죄송하다는 말씀을 대신 전해주길."

"잘 알겠습니다."

열 명의 하녀가 허리를 숙여 인사를 한 뒤 줄을 지어 조용히 방 밖으로 걸어 나갔다. 문이 닫힌 후 오를레앙은 아쉬운 표정을 지었지만 이내 고개를 가로저으며 억지로 떨쳐 냈다. 그들이 나눠야 하는 이야기는 다른 누군가가 절대 엿들어서는 안 되는 내용이었기에.

6

"공금횡령이라니, 뭔가 석연치 않습니다. 레이지님은 어떻게 생각하십니까?"

"그 녀석이 남의 돈을 빼돌릴 정도로 자기 몫을 챙길 줄 알거나 융통성이 있었다면 이렇게 걱정하지도 않았을 겁니다."

"역시 모함이 확실하겠죠?"

오를레앙와 레이지의 대화는 레스톤의 말이 거짓이라는 전제를 깔고 진행되었다. 레스톤 본인의 됨됨이와 상관없이 프레드릭을 가장 동경하는 오를레앙과 프레드릭을 가장 잘 아는 친구인 레이지로선 받아들이기 힘든 사실이었다.

"진짜 부끄러운 일이라고 생각했다면 한 나라의 왕자인 오를레앙 전하에게 절대 알리지 않았을 겁니다."

레스톤은 말로만 조심스러워했을 뿐, 행동 그 자체는 프레드릭의 비리를 제발 퍼뜨려 달라는 것과 다름없었다. 같은 왕자라는 신분이니 어쩔 수 없이 말했다는 걸 순진하게 믿을 정도로 오를레앙은 바보가 아니다.

"무엇보다 프레드릭의 입지를 생각한다면, 실제로 공금횡령 혐의가 있다 하여도 압력을 행사해 관계자들의 입을 다물게 했음이 분명합니다. 프레드릭 본인이 그렇게 했을 수도 있고, 횡령 사실을 알게 된 관계자들 스스로가 알아서 함구할 가능성도 있죠."

"그렇지 않고 되려 퍼뜨리길 원했다는 이야기는⋯⋯."

"프레드릭의 입지를 약화시키고 싶다는 의도와 함께, 지금의 그가 졸다크 왕국에선 필요없다는 의미로도 통합니다."

"너무 비약적인 결론이 아닐까요? 현재 케이서스 공화국과 분쟁 중인 졸다크 왕국에서 프레드릭 경을 스스로 내치는 선택을 하기엔 너무 무모하다고 판단됩니다만."

"이전 프레드릭으로부터 졸다크 왕국에 대한 이야기를 여러 번 들었습니다. 그때마다 그 녀석은 평화로운 모국에 대해 안도하면서도 동시에 걱정하곤 했죠."

제국의 침공을 단 한 번도 받지 않았다는 건 기나긴 대륙전쟁 속에서 얻기 힘든 축복이었지만, 반대로 졸다크 왕국에 대한 보안 의식이 옅다는 반증도 되었다.

무엇보다 전쟁이 끝난 이후의 영웅은 불필요해지는 게 사실이다. 제이워드는 애초에 제국에 대한 순수한 복수로만 움직였기에 자신이 카르도니아 왕국에서 어떤 입지를 지니든 상관하지 않았다. 전쟁을 통해 명성 같은 걸 얻길 원치 않았다는 점에서 프레드릭과 제이워드는 공통점을 지녔지만, 애국심을 지녔다는 점에서 큰 차이가 있었다.

"사실 그 녀석이 실제 죄를 저질렀는지 아닌지는 큰 문제가 되지 않습니다. 어디까지나 저의 목적은 프레드릭을 만나는 겁니다. 제가 제이워드라는 걸 밝히고, 그의 도움을 받아야 합니다."

"그렇다면 공식적인 루트로 프레드릭 경을 빼내오는 건 불가능하겠군요. 우선 그분이 갇힌 감옥이 어딘지를 알아야 하고, 하암……."

오를레앙은 크게 하품을 하더니 눈에 고인 눈물을 손가락으로 훔쳐 냈다.

"이런, 죄송합니다. 더 이야기를 하고 싶지만, 왠지 모르게 피로가 몰려오는군요."

"저 역시 사실 많이 피곤합니다. 카트린느도 그런 것 같군요."

오를레앙의 뒤에 앉아 있던 카트린느는 고개를 숙이고 졸고 있었다. 경호라는 막중한 임무를 짊어지고 있는 그녀가 졸 정도라면 적지 않은 피로가 쌓였다는 증거다. 쉐스는 둘의 대화를 들으며 깨어 있었지만 눈동자에 뻘건 실핏줄이 드러나 있었다.

'생각해 보니 우리들은 오늘 그랜드 마스터를 만나 죽음 바로 문턱까지 도달했었지. 그때의 긴장이 이제야 피로로 바뀐 거야.'

오를레앙은 결국 탁자 위에 상체를 드러눕더니 코를 골기 시작했다. 레이지는 팔짱을 낀 채 두 눈을 감았다. 둘의 이야기가 중단됨과 동시에 잠이라는 유혹이 모두를 휘감아 버렸다.

7

"하녀들을 돌려보냈어? 그 오를레앙이?"

비서 알렉시나의 보고를 받은 레스톤의 입에서 피식하는 웃음소리가 흘러나왔다.

"내일은 해가 서쪽에서 뜨겠군. 참 웃긴 일이야."

그는 푹신한 소파에 등을 기대고서 양 옆에 하나씩 끼고 있는 여성들에게 손을 가져갔다. 오른쪽에 앉아 있는 여성의 허벅지에, 그리고 왼쪽에 있는 여성의 어깨에 손을 얹었다.

레스톤에 대한 국민들의 이미지는 금욕적인 이미지가 강했다. 하지만 그건 표면에 불과할 뿐, 오를레앙에 못지않은 여성 편력을 지니고 있었다. 철저하게 주변 인물들의 입을 막은 덕분에 퍼져 나가진 않았지만.

레스톤은 고급 여송연을 집어 들고서 코로 향기를 맡은 뒤 입에 물었다. 맞은편 소파에 앉아 있는 여성이 부싯돌로 불을 붙여주자, 회색 연기가 그의 입에서 뿜어져 나왔다.

그의 시중을 들고 있는 여성들의 복장은 한결같이 노출이 심했고, 퇴폐적인 아름다움을 유감없이 발휘하고 있었다. 하지만 억지로 먹은 약 때문에 흐리멍텅한 눈동자를 보여주고 있었다.

"더 엄격한 기준으로 하녀들을 다시 골라. 그런 뒤 내일 날이 밝는 대로 그 왕자에게 보내도록. 그리고 칸나 쪽은 어떻게 되었지?"

"지금쯤 미소년들에게 둘러싸여 정신이 하나도 없을 것입니다. 매우 만족한 얼굴이었습니다."

"그러면 그렇지."

프레드릭을 대체할 인물로 레스톤이 택한 건 카르도니아 왕국의 마법사 칸나였다. 서클 6에 막 도달한 그녀는 무엇보다도 세간의 인정을 받는 것에 몰두했다.

뭔가에 집착하는 인간만큼 끌어들이기 쉽고, 조정하기도 용이한 자는 드물다. 대마법사 제이워드의 정식 후계자라는 뒷배경도 레스톤에겐 꽤나 매력적 요소 중 하나였다.

"가능하다면 오를레앙도 꼬드길 수 있다면 좋겠지만, 칸나처럼 단순하게 이용하기엔 무리인 것 같아. 그렇다면 왕성에 머무르는 동안 쓸데없는 짓을 하지 못하도록 여자 품속에서 허우적대게 만드는 게 최상이지."

다행히 오를레앙은 여자라면 환장하기로 소문난 남자다. 처음 봤을 때의 모습은 왕자끼리 만난다는 점 때문에 자제하는 듯 보였지만 시야에 들어오는 여성들 모두를 한 번쯤 살펴본다는 사실을 깨닫고 '그러면 그렇지' 라는 판단이 섰다.

"전하, 프레드릭 경을 계속 감옥에 가둘 생각이십니까?"

양 옆에 끼고 있는 여자들의 허리를 쓰윽 매만지던 레스톤의 손이 멈추었다. 그는 노골적으로 불쾌한 표정을 지으며 알렉시나를 올려다보았다.

"알렉시나, 그 일에 대해서는 더 이상 언급하지 마라."

"하지만 전하, 케이서스 공화국의 선례를 봐서도 섣부르게 프레드릭 경을 대했다간……."

"그래, 네 말대로 케이서스 그 망할 놈들은 섣부르게 행동했지."

레스톤은 오른손으로 여송연을 집어 들고 길게 연기를 내뿜었다.

대륙 전쟁이 끝난 이후 케이서스 공화국 내의 정치 구도에 대해서 그 누구보다 잘 아는 이가 바로 그였다. 그는 공화국에 파견한 첩자를 통해 나르디안을 둘러싼 세력 구도가 어떻게 움직이는지 파악했다.

나르디안을 경계한 기존 세력들이 그녀의 주변 인물들을 제거한 것까지는 좋았다.

하지만 반역이라는 이름의 너무나 큰 죄를 뒤집어 씌우려는 건 크나큰 실책이었다. 게다가 정작 나르디안 본인은 무죄로 풀려나게 일을 처리해 버렸다. 그후 나르디안의 복수심은 케이서스 공화국의 실권을 손에 움켜쥐게 만들었다.

섣부르게 전쟁 영웅을 제거하려 했던 케이어스 공화국의 멍청한 귀족들은 레스톤에게 좋은 교재가 되었다. 그들이 했던 것과 대조되도록 행동하는 것만으로도 졸다크 왕국 내에서 그의 입지는 차근차근 견고해졌다.

"프레드릭의 명성은 더 이상 졸다크 왕국에게 필요하지 않아. 그렇다고 그가 타국으로 빠져나가는 것은 곤란하지."

프레드릭의 애국심은 그를 경계하는 레스톤마저도 잘 알고 있다. 그런 그가 조국을 버리고 다른 국가와 손을 잡는다는 건, 제2의 나르디안이 될 가능성이 농후하다.

"아주 조금씩, 남들이 이해할 수 있는 한도 내에서 망가뜨려야 해."

제국과 맞서 싸운 영웅이 돌연 반역을 저질렀다면 쉽게 받아들일 이들은 그렇게 많지 않다. 나르디안의 경우도 결국 그녀의 무죄를 주장한 이들이 적지 않았기에 숙청에서 빠져나올 수 있었다.

하지만 영웅도 하나의 '인간'이라는 점을 이용해 서서히 갉아먹는 식이라면 충분히 통용된다. 불륜이라든지, 돈을 빼돌린다든지 하는 방식으로 말이다. 이미 레스톤의 머릿속에는 프레드릭의 명성을 조금씩 깎아내려 갈 제2, 제3의 음모가 갖춰진 상태였다.

"만에 하나 프레드릭 경이 탈주라도 한다면……."

"그 인간이? 절대 아냐. 그런 타입의 인간은 자신의 무고함을 증명하기 위해서라도 묵묵히 감옥 안에 앉아 있을 타입이지. 도망은 그에게 있어서 가장 최악의 선택이거든."

고지식하다는 점을 최대한 활용해야 한다.

프레드릭이 행동하지 못하고 옴짝달싹 못하는 사이, 그를 대체할 세력을 끌여들여 입지를 확보하면 된다. 칸나에게 접근한 이유도, 좀 위험한 수이긴 하지만 제국의 잔당과 손을 잡은 근거이기도 하다.

"두고 봐. 난 고작 이런 작은 나라의 왕자로 만족하지 않을 거야. 하하하!"

레스톤의 입에서 웃음소리가 터져 나왔다.

알렉시나는 입술을 굳게 다물고서 고개를 숙였다.

Chapter 38
넌 이런 곳에서 썩을 수 없어

1

베르시아 신성력 1382년 1월 8일.

「으아아악!」

프레드릭의 입에서 고막을 찢을 듯한 비명 소리가 터져 나
왔다.

웬만한 고통은 이를 악물고 이겨내는 그였지만, 이번만큼
은 도저히 참고 버티기 힘들었다. 온몸을 부들부들 떠는 그의
몸에서 땀이 비오듯 흘러내려 침대보를 축축하게 적셨다. 침
대 위에 누운 채로 비명을 지르면서도, 양손으로 침대보를 움

켜쥐고 발버둥 치는 것만은 참고 있었다.

몸에 입은 부상 자체도 꽤 컸다. 거의 1시간이 넘도록 자신보다 무려 2단계 높은 랭크의 그랜드 마스터를 상대한 결과, 두 팔과 다리가 부러졌으며 등과 가슴, 그리고 옆구리와 오른쪽 어깨에 깊은 검상을 입었다. 지금 살아서 고통을 느끼고 있다는 거 자체가 기적에 가까웠다.

「조금만 더 참으십시오!」

「절대 포기하시면 안 됩니다!」

여성 사제 두 명이 구슬땀을 흘리며 3시간이 넘도록 힐링(Healing)을 시전 중이었다. 그녀들은 두 손을 펼쳐 프레드릭의 부상 부위에 올려놓고 신성력으로 그의 몸을 치료하기에 여념이 없었다. 전날까지 그를 치료하던 또 다른 사제 두 명은 기력이 다해 쓰러진 지 오래였다.

하지만 기껏 아물던 상처가 고통으로 인한 몸부림 때문에 다시 터지기를 반복한 까닭에, 그가 누워 있는 침대 위는 온통 피투성이였다.

「…….」

제이워드는 프레드릭을 말없이 내려다보고 있었다.

제국 측에선 비밀리에 그랜드 마스터 바르고사 A. 드루아나를 파견해 제이워드의 돌격부대와 맞서게 했다. 전혀 예상 못했던 바르고사의 등장에 제이워드는 물론 프레드릭과 데릭은 승리를 포기하고 무사히 후퇴하는 거에 온 힘을 쏟아부었다. 그러나 제국 측에선 대규모 지원 병력까지 보내며 가장 까다로운 적을 없앨 계획이었다.

훗날 대륙 전쟁에서 가장 치열했던 전투 중 하나로 일컬어지는 즈루즈 언덕 공방전으로 불리는 혈전이었다.

무려 열흘 가까이 진행되었던 전투는 요충지였던 즈루즈 언덕을 완전히 피로 물들였다. 거대한 언덕을 거의 반나절 간격으로 크루디아 제국군과 제이워드의 돌격부대가 번갈아가며 점령하기 일쑤였고, 잠시 전투가 중지되면 무수히 쌓인 시체들을 노리고 까마귀 떼와 늑대들이 몰려들었다.

놀랍게도 승리한 쪽은 제국이 아닌 제이워드의 돌격부대였다. 제이워드의 돌격부대는 병력의 반이 전사하는 악조건 속에서 그랜드 마스터 바르고사의 매서운 공격을 막아냈다. 제이워드의 마법과 데릭이 이끌고 온 성당기사단원들의 맹활약 속에서 프레드릭의 검이 바르고사의 가슴을 꿰뚫었다.

워낙 처절한 전투였기에 승리한 제이워드의 돌격부대는 다급히 후퇴하는 제국군 잔여 병력을 추격할 기력조차 없었다. 무엇보다 바르고사를 이긴 후 프레드릭은 그 자리에서 쓰러져 움직이지 않았다.

다급히 그를 본진 막사로 옮겨 치료를 시작한 지 어느덧 3일째가 되었다. 다행히 정신을 차렸지만 그건 프레드릭의 전신을 강타하는 알 수 없는 고통 때문이었다.

「너무 걱정하지 마. 침착해라.」

데릭의 말에 제이워드는 표정 하나 바꾸지 않았다.

「난 언제나 침착하다고.」

하지만 말과 달리 뒷짐진 그의 두 손은 미세하게 떨고 있었다.

그랜드 마스터를 상대로 무수한 공격을 버텨내고, 그것을 넘어서 결정타까지 먹인 프레드릭이 대견스러웠다. 하지만 그 대가로 고통 속에서 비명을 질러야 하는 그가 너무나 안쓰러웠다. 마법에 능통하긴 해도 프레드릭의 고통을 제거할 방법을 모르기에 사제들의 힐링만을 믿어야 하는 처지가 너무나 답답했다.

「날 믿어라, 제이워드. 난 성직자임과 동시에 오러 유저라는 걸 잊지 마라. 프레드릭 경의 상태는 여기에서 내가 가장 잘 알고 있다.」

데릭은 제이워드의 어깨를 툭툭 두들겼다.

「지금 프레드릭 경은 외부로부터의 강력한 오러 때문에 큰 타격을 입은 상태다. 출혈이나 부상 그 자체를 힐링으로 회복시킬 수는 있어도, 뒤엉킨 오러를 다시 원래대로 되돌리는 건 전적으로 그의 몫이다. 달리 말하면, 우리가 할 수 있는 건 어디까지나 그를 도와주는 것에 불과하다.」

그랜드 마스터가 펼친 오러의 장막 안에 머무르는 것 자체만으로도 육체와 정신에 심각한 타격을 입게 된다. 그나마 소드 마스터인 프레드릭이니 계속 버틴 것이지, 그보다 낮은 랭크의 오러 유저였다면 아무것도 하지 못하고 쓰러지거나 폐인이 되었을지도 모른다.

「으아악!」

프레드릭의 비명은 끊이지 않고 계속 이어졌다.

이마의 핏줄이 피부 아래에서 굵게 튀어나왔고 침대보를 움켜쥔 두 손에서 피가 흘러나왔다. 뒤죽박죽 뒤엉켜 있던 오러의 흐름이 급격히 빨라지면서 그의 몸 안을 휘저었다.

그와 동시에 강렬한 빛이 프레드릭의 몸에서 뿜어져 나왔다. 그를 치료하던 사제들은 오러에 밀려나 뒤로 주저앉았고 데릭은 놀란 눈으로 프레드릭을 바라보기만 했다.

「헉, 헉…….」

상체를 일으킨 프레드릭은 거친 숨을 내쉬면서 두 손을 천천히 들어 올렸다. 두 손에서 느껴지는 이질적인 감각에 뭐가 뭔지 몰라 멍하니 앉아 있기만 했다.

「이, 이것은… 도대체?」

「프레드릭! 괜찮아?」

「더, 더 이상 아프진 않은데 뭔가 이상해. 이런 느낌은 처음이야. 뭐지?」

아니, 정확히는 처음은 아니었다.

지금으로부터 5년 전, 아직 스무 살도 되지 않았던 때에 이와 비슷한 감각을 체험한 적이 있었다. 하지만 당시에 비하면 너무나 격렬해서 동일시하기엔 무리였다.

제이워드의 눈빛이 걱정에서 놀라움으로 바뀌었다. 데릭은 두 눈을 지그시 감더니 도로 뜨면서 프레드릭의 어깨를 도닥거렸다.

「프레드릭 경, 드디어 오러에 대해서만큼은 나를 뛰어넘었군.」

「네? 그게 무슨 말입니까?」

얼떨떨한 표정의 프레드릭과 달리 데릭은 미소를 지으며 진심으로 기뻐하고 있었다.

「랭크 6에 도달한 것을 축하하네, 프레드릭 경.」

2

베르시아 신성력 1393년 8월 21일.

"으윽……."

꿈에서 깨어난 레이지는 양쪽 관자놀이를 매만지며 인상을 썼다.

그는 천천히 숨을 고르면서 두통이 가라앉기를 기다렸다. 지금 자신이 처음 보는 방에 누워 있다는 사실을 인식했지만, 고통 때문에 그런 것에 신경 쓸 겨를은 없었다.

"휴우, 이제야 괜찮아졌군."

두통이 가라앉자 레이지는 뻐근해진 어깨를 주무르며 주변을 둘러보았다. 잠들기 전의 귀빈실은 아니었다.

그는 창문 쪽으로 걸어가 밖을 살폈다. 물이 솟아오르고 있는 분수대 주변에 화단이 조성되었고, 분수대를 중심으로 정사각형 모양으로 지어진 화려한 건물은 낯설지 않았다.

"들어가도 되겠습니까?"

노크 소리와 함께 여성의 목소리가 문 너머에서 들려왔다.

"들어오십시오."

레이지가 대답하자 문이 열리면서 레스톤 왕자의 비서 알렉시나가 모습을 드러냈다. 그녀는 안경테를 매만지며 레이지의 안색을 살피고 있었다.

"몸은 괜찮으십니까? 혹시 어디 아프신 곳은 없습니까?"

"아까 두통이 있긴 했지만 금세 사라졌습니다. 그것보다 제가 왜 여기에 있었는지 궁금하군요."

레이지가 방금 전까지 누워 있던 침대를 가리켰다.

"오를레앙 전하께 침실을 안내하기 위해 귀빈실에 들어가니 일행 분들 모두 깊게 잠들어 계셨습니다. 너무 피곤하신가

싶어서 하녀들의 손을 빌려 각각 다른 방에 모셨습니다
만……."

"다만?"

"이틀 동안 계속 주무실 줄은 예상 못했습니다."

"네?"

아무리 피곤했다 해도 이틀 연속으로 잠드는 경우는 드물
다. 레이지는 다른 일행의 상태도 자신과 똑같았는지 우려되
었다.

"다른 분들도 저처럼 계속 자고 있었습니까?"

"네, 아침식사 때엔 워낙 피곤하신 것 같아서 잠드신 것만
확인하고 깨우지 않았지만 저녁까지 깨어나시지 않아 매우
걱정했습니다. 혹시 무슨 병에라도 걸린 줄 알고 왕실 의사와
사제들을 불러 몸 상태를 확인해 봤지만 다행히 별다른 이상
은 없었습니다."

"그렇다면……."

레이지는 입밖으로 나오려던 말을 삼켰다. 그리고 방금 전
깨어났던 꿈을 다시 떠올리며 생각을 정리했다.

'그랜드 마스터의 오러에 짓눌린 여파로 이틀이나 세상 모
르고 누워 있었단 이야기인가? 확실히 프레드릭도 그때엔 3일
이나 잠들긴 했지만…… 으윽.'

레이지는 지끈거리기 시작한 이마를 감싸쥐고 침대 위에

털썩 걸터앉았다.

"괜찮으십니까?"

"버티지 못할 정도는 아닙니다. 그나저나, 다른 분들은?"

"레이지님을 제외하고 모두 깨어나셨습니다. 단, 오를레앙 전하는 이유를 알 수 없는 고통 때문에 꽤 고생하셨더군요. 지금은 괜찮으십니다."

"다행이로군요."

그때 열린 문 사이로 들어온 하녀가 알렉시나와 레이지를 알아보고 허리를 숙였다. 하녀는 쟁반 위에 들고 있던 물이 든 잔과 엄지손가락만 한 둥근 약을 침대 옆 탁자 위에 올려놓고 복도로 나갔다.

"두통을 가라앉히는 약입니다. 혹시 몸 상태가 다시 안 좋아진다면 언제든지 절 찾아주십시오."

알렉시나는 말을 마친 뒤 문쪽으로 몸을 돌렸다.

"알렉시나님, 잠시 물어볼 것이 있습니다."

레이지는 문 옆에 자리 잡은 큼지막한 거울을 통해 알렉시나의 얼굴을 바라보았다.

"프레드릭 경에 대한 이야기입니다만, 괜찮겠습니까?"

알렉시나는 등을 돌린 채로 열었던 문을 조용히 닫았다.

"그… 분이 그런 짓을 저지를 거라 솔직히 믿기지 않습니다. 뭔가 오해라도 있는 게 아닐까요?"

습관적으로 '그 녀석'이라 지칭할 뻔했던 레이지는 고개를 옆으로 돌리며 쓴웃음을 지었다.

"어제, 아니, 이젠 3일 전이겠군요. 오를레앙 전하와 귀빈실에서 프레드릭 경에 대해 계속 이야기했답니다. 절대 그럴 분이 아니라면서 전하께선 열성적으로 프레드릭 경을 변호하셨지만, 솔직히 잘 모르겠습니다. 저 역시 오러 유저로서 그… 분을 흠모하고 있었던 터라 거짓이길 바라고 있습니다만."

'프레드릭에게 그분이라는 둥, 흠모 같은 단어를 쓰려니 닭살이 돋아 미치겠어.'

물론 레이지는 마음속으로 어색함을 드러낼 뿐, 표정으로 나타내진 않았다. 사실 실제로 프레드릭이 공금횡령 같은 쪼잔한 죄를 지었는지 아닌지는 그리 중요하지 않았다. 어차피 그를 데려오는 것 자체가 목표이니까.

단, 레스톤 왕자가 그 이야기를 할 때 유일하게 심적 동요를 보여준 이가 알렉시나였기에 한 번 떠보는 중이었다.

"제가 알고 있는 프레드릭 경은……."

알렉시나는 하던 말을 멈추고 호흡을 골랐다.

"매사에 항상 열성적인 분이셨습니다. 그분께 교육을 받을 때에 확실히 느낄 수 있었습니다."

"호오, 프레드릭 경의 제자이십니까?"

"제자라고 부를 정도는 아닙니다. 왕실에 들어오기 전에 간단한 검술 지도를 받은 것에 불과합니다."

레이지는 알렉시나의 흔들리는 눈동자를 보고 뭔가를 직감했다.

'그 녀석, 어느새 한 여자의 마음을 또 뺏었군. 죄가 많은 놈이야.'

대륙 전쟁 당시 피비린내 나는 전장에서 대부분의 시간을 보냈지만, 그의 뒷모습을 보고 많은 여성들이 반하곤 했다. 하지만 뭔가 어정쩡한 자세를 취해서 여성에게 기대를 걸게 했다가 절망하게 만들곤 했다.

"그 녀석에겐 여복이 많을지는 몰라. 하지만 막상 여자를 대하는 법이 서툴러서 영 글렀어. 너와는 뭔가 다른 종류의 인간이면서 동시에 같아."

쥴리앙이 프레드릭에 대해 평한 말 중 하나가 떠올랐다.

"그때 알던 프레드릭 경이라면 절대 그런 일 따위 저지르지 않았을 것입니다. 하지만 인간이란 변하게 마련이지요."

"그렇긴 해도, 진짜 횡령을 저지르셨을까요?"

"보고된 자료에 의하면 확실합니다. 그분이 이제까지 해오신 업적을 감안한다면 결국 가택 연금 정도의 처분으로 끝날 겁니다."

알렉시나는 닫았던 문을 다시 열었다.

"그러면 전 이만 물러나겠습니다."

문이 닫히자, 그녀가 풍겼던 가라앉은 분위기가 여전히 방 안에 맴돌고 있었다. 몇 마디 주고받지 않았지만 레이지는 뭔가 확신할 수 있었다.

'그 녀석에게 마음을 빼앗긴 여자의 입에서 그런 말이 나올 정도라면, 모함이 확실해. 단호한 말투와 다르게 망설이는 기색이 역력했거든. 레스톤 왕자의 비서이니 진짜 진실을 알고 있을 테니 그랬던 거겠지. 단, 졸다크 왕국 내에서 그 녀석을 변호해 줄 인간이 없다는 것도 느껴져.'

이대로 시간이 흐른다면 프레드릭은 여러 가지 작은 죄목에 휩싸여 조금씩 명성을 깎아먹을 것이다. 그리고 결국엔 가치가 사라질 것이다.

'잠깐, 그 녀석의 정치적 입지가 어떠한지 잘은 모르겠지만 그랜드 마스터를 그렇게 망가뜨릴 이유가 도대체 어디에 있지?

잘 풀려 나가던 레이지 나름대로의 추리가 일순간 막혀 버렸다. 국가에 있어서 그랜드 마스터는 존재 자체만으로도 충분히 효용적이다.

"레이지님, 일어나셨다고 들었습니다. 들어가도 됩니까?"

"오를레앙 전하?"

"목소리를 들으니 그냥 들어가도 되겠군요."

3

오를레앙과 카트린느, 그리고 쉐스는 레이지의 침실에 모여들었다.

"그러면 진짜로 모두 잠들었단 말입니까?"

"덕분에 절 환영하기 위한 파티가 계속 연기되었다고 하는군요. 오늘 저녁에 치러진다고 합니다. 이것 참, 아직 문서에 대한 답도 듣지 못했는데 파티라니."

오를레앙은 왼손으로 목을 어루만지면서 인상을 찌푸렸다. 이틀이나 계속 누워 있었기에 굳은 몸이 완전히 풀리지 않았다.

"그러고 보니, 깨어나신 이후 극심한 고통에 시달렸다는 게 사실입니까?"

"정확히는 그 고통 때문에 잠에서 깨어난 겁니다. 무슨 이유에서인지 모르겠지만 온몸의 오러가 뒤엉켜 마구 요동치는 게 죽을 맛이었지요."

제이워드였을 당시 두 눈으로 직접 봤던 프레드릭의 경우와 오를레앙의 말은 유사했다. 하지만 오를레앙의 오러는 여전히 랭크 5에 머물러 있었다.

"그런데… 흐음, 레이지님. 잠시."

오를레앙은 돌연 레이지의 오른팔을 잡아 끌더니 두 손으로 팔목을 붙들었다.

"호오, 이건… 흐음."

"그새 취향이 바뀌신 겁니까?"

레이지의 농담에 오를레앙은 고개를 가로저었다.

"레이지님, 오러 수준이 꽤 올라갔습니다."

"네?"

"랭크 자체는 변화하지 않았지만, 며칠 전에 비해 꽤 높은 수준으로 상승했습니다. 카트린느, 어떻게 생각하지?"

오를레앙의 뒤에 서 있던 카트린느는 그의 앞에 나서더니 레이지를 꼼꼼히 살펴봤다.

"좀 더 노력하신다면 랭크 4에 도달하실 것 같습니다."

"카트린느의 눈에도 그렇게 보인다니 확실한 것 같군요. 어, 잠깐."

오를레앙은 레이지의 오른팔에 두 손을 떼더니 이번엔 카트린느를 향해 뻗었다. 그녀는 잽싸게 뒤로 몸을 빼면서 그의 손으로부터 벗어났다.

"전하, 왜 그러십니까?"

"아니, 그게 말이지. 레이지님만 아니라 그대의 오러도 변한 것 같은데?"

"네?"

카트린느가 놀란 틈을 타 오를레앙의 손이 빠르게 뻗어 나갔다.

"놓아주십시오."

"흐음, 역시 그렇군. 그래."

"전하답지 않습니다. 왜 이러십니까?"

막상 수십여 명의 메이드를 거느리고 있으면서도 손가락 하나 대지 않았던 오를레앙이었기에 지금의 태도는 카트린느로선 너무나 의외였다. 그러나 오를레앙의 진지한 얼굴을 보고선 더 이상 입을 열지 않았다.

"레이지님 정도는 아니지만, 오러의 역량이 꽤 올라간 것만은 확실해. 앞으로 더 노력한다면 소드 마스터임을 증명하는 랭크 5도 꿈만은 아닌 거 같은데?"

"정말이십니까?"

"여자에 관련된 이야기 외에 내가 허튼 소리 하는 걸 들은 적이 있나? 그것도 오러에 관해서 말이야."

소드 마스터라는 단어에 카트린느의 두 볼이 상기되었다.

오러라는 분야에 있어서 소드 마스터에 도달한 여성은 극히 드물다. 그랜드 마스터는 더욱 드물어서, 현재 대륙을 통틀어 단 한 명만이 존재할 뿐이다.

"왜 이렇게 되었는지 모르겠단 말이야. 원인을 알 수만 있다면 앞으로 실력을 더욱 쉽게 올릴 수 있을 텐데. 끄응……."

오를레앙은 머리를 감싸쥐며 고민에 빠졌다.

레이지는 무엇 때문인지 대충 짐작되었다. 그러나 당시 그 체험을 했던 당사자가 이 자리에 없는 이상, 확신은 금물이었다.

'나중에 프레드릭을 빼내온 뒤에 물어봐야겠어.'

어차피 그와 만나면 다 해결될 문제이기에 고민할 이유도 없었다.

"지금 중요한 건 이런 게 아니라 프레드릭에 대한 겁니다."

레이지가 화제를 바꾸자 모두의 시선이 그에게 몰렸다.

"그동안 그의 신변에 특별한 변화라도 있는지 알고 계십니까?"

레이지의 질문에 오를레앙은 뒤통수를 긁적거렸다.

"저도 깨어나자마자 어떻게든 그분의 신상에 대해 알아내려고 나름 수를 썼습니다. 제 방에 들어오는 사람들이 죄다 여성밖에 없어서 이상하긴 했지만, 한 명씩 붙잡고 꼬치꼬치 캐물었죠."

"그래서 뭔가 알아냈습니까?"

"소르빈느 성 외각에 위치한 지하 감옥에 수감된 상태라는 사실 외에는 딱히 얻어낸 게 없습니다. 어떻게 면회라도 가능한지 물어봤지만 자신들이 대답할 수 있는 성질의 것이 아니라며 입을 다물더군요. 그리고 한결같이…….”

“한결같이?”

“왠지 묘한 분위기를 풍기면서 옷을 벗으려고 하기에 돌려보냈습니다. 이것 참, 사람을 뭘로 보는 건지.”

투덜대는 오를레앙과 달리 레이지를 포함한 나머지 이들은 침묵으로 일관했다. 물론 입은 웃고 있었지만.

“제가 여자에 환장한 놈도 아니고 말입니다.”

“확실히 전하는 좀 묘한 방식으로 여성에게 환장… 이 아니라 다가가는 경향이 있으시지요. 그걸 타국인 졸다크 왕국에서 일반적인 여성 편력으로 인식한 걸로 보입니다.”

“전 아버님, 아니… 폐하와는 다릅니다!”

“쥴리앙과 확실히 다르긴 하죠. 하지만 모르는 사람 눈에 보면 그게 그거입니다.”

레이지의 말에 오를레앙은 기가 한풀 꺾이더니 어깨를 푹 수그렸다. 예전 제이워드였을 당시 여자 좀 그만 밝히라고 지적할 때마다 움찔거리던 쥴리앙이 절로 떠올랐다.

“그래도 지금 프레드릭이 그 감옥 안에 있다는 사실만큼은 확실한 거 아닙니까?”

구해야 할 이가 누구인지, 그리고 어디 있는지만 알면 남은 건 어떻게 구해낼 거냐 하는 방법만이 남았다.

"감옥이 어떤 식으로 구성되었는지만 알면 들어가기는 편할 텐데 말입니다."

"다행히 중죄인을 수감하는 곳은 아닌지라 경계 자체는 엄중하지 않을 겁니다. 단, 프레드릭 경은 오러 유저입니다. 고로 마나를 억제하는 장치 정도는 되어 있겠죠."

안티 마나(Anti-mana) 스톤으로 둘러싸인 감방에 있을 게 뻔했다. 예전 드루기아의 유적에 잠입할 때 죠르제를 가두어 놓았던 방이 그 예이다.

단, 죠르제와 달리 프레드릭은 랭크 7이라는 점을 감안해야 했다. 그랜드 마스터의 마나를 억압할 정도라면, 지금의 레이지 혼자만의 힘으로는 불가능하다.

"전하의 경우 입장상 어디를 가든 간에 시선이 집중될 겁니다. 무엇보다 한 나라의 감옥을 타국민이 들락거리는 걸 허용할 나라는 없습니다."

그런 이유로 프레드릭의 구출 작업에 오를레앙은 탈락되었다. 자연스럽게 그의 경호인 카트린느도 제외되었다.

'나야 예전처럼 얼굴을 가리고 몰래 들어가면 될 거야. 문제는 시선을 끌어줄 인간이 필요해.'

덧붙여서 자연스럽게 감옥을 방문할 수 있는 인간이 필요했다. 딱히 국가나 신분에 구애되지 않는 자들이면 더욱 좋고.

머릿속에서 결론이 내려지자 레이지의 눈이 오를레앙이
아닌 쉐스 쪽으로 돌아갔다.

"넌 분명히 베르시아 교단 소속이기도 하지?"

"그렇다."

"그러면 이야기가 쉽게 풀리겠군. 성직자가 감옥 안의 죄
수들을 참회시키기 위해 방문하는 거야 딱히 문제되지 않잖
아?"

4

지하 감옥의 간수 멘슨은 낡은 식판을 들고 계단을 천천히
내려갔다. 총 5층으로 구성된 감옥 중 실제 죄인들이 투옥된
층은 지하 2층까지다. 그 밑의 지하 3, 4층은 한 명도 없었고
최하층에는 단 한 명만이 투옥된 상태였다.

멘슨은 5층 입구에 의자를 놓고 앉아 있는 소드 마스터 텔
린을 향해 인사를 했다. 텔린은 귀찮다는 듯 대꾸도 안 하고
연신 하품만 남발하고 있었다.

명색이 그랜드 마스터인 프레드릭을 감시하기 위해 하루
2교대로 소드 마스터 두 명이 번갈아가며 입구를 지키고 있
었다. 하지만 그들에겐 어두침침한 감옥에서 아무것도 하지
않고 앉아 있기만 하는 지금이 너무나 따분했다.

멘슨은 허리춤에 찬 열쇠꾸러미를 꺼내 5층 입구의 잠궈진 문을 열었다. 그는 손잡이를 돌리는 도중 묻은 녹을 윗도리에 비벼 닦아낸 뒤 안으로 들어갔다.

문이 열리는 소리에 프레드릭은 숙였던 고개를 들어 올렸다. 쇠창살 너머로 반 대머리의 중년 남성이 안쓰러운 시선으로 그를 살펴보고 있었다.

"매번 고생을 시켜서 미안하군."

"아, 아닙니다."

멘슨은 고개를 가로저으며 들고 온 식판을 쇠창살 아래 작은 출입구를 통해 안으로 조심스레 밀어넣었다.

감방에 투옥된 자들에게 허락된 식사는 딱딱하게 굳은 빵과 차갑게 식은 야채 죽이 유일했다. 그것도 하루 두 번만 배급되었다.

어쩌다가 귀족들이 투옥될 경우엔 이런 식사에 짜증을 내며 간수에게 화풀이하는 게 일상적이었다. 줘도 안 먹는다는 식으로 식판을 내던지기 일쑤였다.

하지만 프레드릭은 수감된 이후 단 한 번도 식사에 불평을 표한 적이 없었다. 그저 묵묵히 식판을 비울 뿐이었다. 그가 거쳐 갔던 처절한 전투들을 떠올린다면, 매일 정기적으로 식사 자체가 나오는 경우가 오히려 행복에 가까웠다.

지하 최하층에 프레드릭이 수감되었을 때, 멘슨은 '그러면 그렇지' 라는 시선으로 그를 경멸했다. 하지만 그의 묵묵하고도 의연한 자세에 자신도 모르게 감화된 지 오래였다.

"솔직히 전 프레드릭 경께서 그런 죄를 저질렀을 거라 믿기지 않습니다."

"그렇게 생각해 주니 고맙군."

"사실 저도 처음 그 이야기를 들었을 땐 그럴 수 있다고 생각했습니다만, 아들 녀석이 워낙 강경하게 프레드릭 경 편을 드는 바람에 말입니다. 그 녀석, 대륙 전쟁 막바지에 참전했던 적이 있었거든요. 기억하실지 모르겠지만 프레드릭 경의 막사에서 경비를 섰답니다."

프레드릭은 멘슨의 이야기를 듣고 그의 아들을 떠올려 보려고 시도했지만 실패했다. 극심한 전투와 맞닥뜨렸을 경우엔 하루가 멀다하고 죽은 경비병을 대체해 새로운 인원이 보강되었기 때문에.

"빨리 재판이 열리기만 바랄 뿐이지. 그 전까진 여기에 가만히 갇혀 있는 게 나의 무고함을 증명하는 방법이야."

당장에라도 나가고 싶은 욕망을 억누르며 프레드릭은 아랫입술을 살짝 깨물었다.

"그런데 혹시 그건 사실입니까?"

멘슨은 주위에 아무도 없음에도 주변을 두리번거리더니 눈치를 보면서 입을 열었다.

"비올슨 남작 부인과 불륜… 아니, 좀 그렇고 그런 사이라는 말이 나돌던데……."

"몇 번 그분의 남편 분과 만나긴 했지만, 자네가 생각하는 그런 관계는 결코 아니라네. 난 그녀와 이야기조차 제대로 주고받은 적이 없어."

"하지만 지금 성 내에선 그 일로 화제입니다. 아무래도 조용히 가라앉긴 힘든 것 같더군요. 그것 말고도 다른 소문도 있던데……."

프레드릭이 투옥된 직후 레스톤 왕자는 사람들을 풀어 프레드릭에게 불륜 의혹이 있음을 널리 퍼뜨렸다. 그에 대한 공금횡령에 대해 의문을 표하던 이들도 막상 '불륜'이라는 단어에 그럴 수 있다는 반응을 보이기 시작했다. 인간이라면 재물에 대해 욕심을 거두어도 다른 부분의 욕망까지 제어할 수 있다는 보장을 못하기에 퍼져 나갈수록 소문은 확신이 되어버렸다.

"프레드릭 경은 아직도 독신이시지 않습니까? 그 이유가 이룰 수 없는 사랑 때문에 고민하기 때문이 아닐까 하고……."

프레드릭은 기가 막힌 나머지 멜슨의 말에 더 이상 반박조차 못했다. 그저 살짝 눈썹 사이를 찡그릴 뿐이었다.

그의 분위기가 바뀌자 멜슨은 허겁지겁 아래 출입구를 닫고선 복도를 가로질러 달려갔다. 지하 5층의 출입구가 닫히는 소리를 듣고 난 뒤에야 프레드릭의 입에서 긴 한숨이 흘러나왔다.

5

그날 저녁.

소르빈느 왕궁 내 연회장은 수많은 인파로 북적거렸다.

졸다크 왕국과 카르도니아 왕국 간의 동맹이 채결된 것을 축하하는 의미의 파티가 성대하게 개최되었기 때문이다. 덧붙여서 발렌시아 왕국의 왕태자 오를레앙의 환영 파티도 겸했기에 지방에서 올라온 귀족들까지 거의 참석한 자리가 되었다.

"하하하하!"

오를레앙은 옆구리 양쪽에 한 명씩 미인을 끼고 호탕한 웃음을 터뜨렸다. 그는 아예 테이블 하나를 독차지하고 열 명의 미녀에 둘러싸여 행복한 표정을 내내 유지했다.

평소 그의 행각에 조용히 반격을 걸던 카트린느도 없던 터라, 오를레앙은 마음껏 즐거움을 누리는 것처럼 보였다.

"좋아좋아, 역시 술자리엔 여자가 있어야지. 메린다라고 했지? 한 잔 줘."

"네, 전하."

메린다라 불린 여성은 오를레앙이 내민 술잔에 최고급 와인을 천천히 따랐다. 그녀가 허리를 숙이자 드레스에 감추어졌던 가슴 안쪽이 슬쩍 드러났다. 오를레앙은 얼굴을 앞으로 쭉 내밀더니 노골적으로 메린다의 가슴골을 바라보면서 눈웃음을 지었다.

"어머, 전하!"

메린다가 뒤늦게 왼손으로 가슴팍을 가리자, 따르고 있던 와인병이 흔들리면서 테이블 위에 후두둑 쏟아졌다. 그러자 오를레앙은 다급히 고개를 아래로 처박더니 혓바닥으로 흘러내린 와인을 쓱 핥았다.

"귀한 술이라 그런지 흘러내린 것도 맛이 좋군! 이왕이면 그대의 아름다운 두 개의 언덕 사이에 맺힌 술도 마시고 싶은데, 괜찮겠나?"

오를레앙이 오른손 검지로 메린다의 가슴 사이를 슬며시 가리켰다. 노출이 심한 드레스의 가슴팍 사이에 묻은 와인을 메린다는 고개를 옆으로 돌린 채 살며시 오른손으로 닦아냈다.

"저런! 아깝잖아!"

오를레앙은 잽싸게 위로 튀어오르더니 메린다의 손을 덥썩 물었다. 그리고 혓바닥으로 남김없이 핥은 뒤 소파에 도로 앉았다.

유달리 큰 그의 목소리에 멀치감찌 떨어져 파티를 즐기고 있는 이들의 눈살이 찌푸려졌다. 유독 오를레앙 한 명의 추태 때문만이 아니었다.

"오호호홋!"

오를레앙의 반대쪽에서 여성 특유의 높은 웃음소리가 울려 퍼졌다.

"오늘 밤은 쓸쓸하지 않겠어. 어때?"

"영광입니다."

"아니다, 너보단 이 애가 좋겠어. 넌 내일 보기로 하고 오늘은 이 애와 밤을 즐겨야겠어."

카르도니아 왕국의 사절단 일행으로 온 칸나는 미소년들을 양 옆에 끼고 즐거운 시간을 보내고 있었다. 그녀의 양 볼은 술 때문에 붉게 변해 버린 지 오래였다. 매번 나르디안에게 구박만 받다가 졸다크 왕국에서 귀한 대접을 받다 보니 눈에 보이는 게 없었다.

"부족한 건 없습니까?"

"어머! 전하!"

레스톤 왕자가 나타나자 칸나는 자리에서 벌떡 일어섰다.

"제가 보낸 애들이 맘에 들지 걱정됩니다."

"너무나~ 맘에 든답니다. 가능하다면 본국으로 데리고 돌

아가고 싶을 정도에요……. 딸꾹!'

칸나는 두 손으로 입을 가렸지만 딸꾹질은 멈추기는커녕
연달아 이어졌다. 칸나의 오른쪽에 앉은 소년이 급히 물잔을
내밀자, 그녀는 다급히 물을 마시고는 소파에 도로 앉았다.

"혹시나 원하는 게 있으시다면 언제든지 말씀하시길 바랍
니다. 오늘 하루는 맘 편히 즐기시길 바랍니다."

"네에~"

잔뜩 혀가 꼬인 칸나의 대답에 레스톤은 씨익 미소를 짓더
니 고개를 옆으로 돌렸다. 칸나와 버금가게 추태를 부리고 있
는 오를레앙이 시선에 들어왔지만 못 본 척 고개를 반대쪽으
로 돌리더니 다른 곳으로 자리를 떴다.

오를레앙은 레스톤의 뒷모습을 슬쩍 바라보면서 콧방귀를
뀌었다. 여자들을 잔뜩 붙여주긴 했지만 파티가 시작된 내내
자신에게 단 한 마디도 건네지 않은 그의 태도가 무얼 의미하
는지 잘 알고 있었다.

'그나저나… 아이고, 미치겠네. 이러다간 아버님 귀에 내
악명이 고스란히 들어가겠군. 다른 나라에서 뭐하는 추태였
는지 돌아가서 한 소리 들을 게 뻔해.'

오를레앙에게 레이지가 부탁한 것은 간단했다.

흥청망청 놀다가 레스톤이 '뭔가' 알아채고 움직이려고
할 때 되도록 시간을 끌어달라는 내용이었다. 프레드릭 구출

작전에서 가장 큰 방해가 될 요소는 레스톤과 항상 함께 다니는 랭크 6의 오러 유저 롤리앙스였기에 레스톤의 발만 묶는다면 자연히 그도 움직이기 힘들어진다.

'에잉, 나도 모르겠다. 우선 마시고 보자.'

오를레앙은 반쯤 포기하더니 메린다가 들고 있던 와인병을 빼앗아 병째로 들이키기 시작했다. 주변의 따가운 시선 따위, 애써 무시하기로 결심했다.

6

한창 파티가 무르익어 가는 시각, 쉐스는 왕궁에서 떨어진 지하 감옥의 정문 앞에 서 있었다. 그는 카트린느가 모는 마차 콜드란세를 타고 통보도 없이 감옥을 방문했다.

쉐스가 아크메이지 엘레노어의 제자라는 사실은 잘 알려져 있지 않다. 하지만 베르시아 교단의 성직자임이 분명한 쉐스가 돌연 감옥을 방문하자, 프레드릭의 감시를 담당하고 있던 텔린은 허겁지겁 계단을 올라가 감옥 밖으로 나왔다. 지상 1층 대기실에서 졸고 있던 그의 부관 네이서는 텔린에게 목덜미를 붙잡힌 채 억지로 끌려 나왔다.

"번거롭게 해서 죄송합니다."

쉐스는 평상 시 걸치고 있던 회색의 로브 대신 순백색의 법의를 입고서 성호를 그었다. 평상시 레이지에게 보여주던 날카로운 인상은 온데간데없고, 그야말로 성직자다운 온화한 미소로 텔린과 다른 경비병들을 대하고 있었다.

"아닙니다. 귀하신 분이 이런 곳까지 오셨는데 마중 나오는 것은 당연합니다."

혼자서 멍하니 지하 5층 입구를 지켜야 했던 텔린은 지루함을 넘어서 짜증까지 일어나던 참이었다. 바로 그때 쉐스의 방문은 감옥 밖으로 나오기 아주 적절한 핑계였다.

"죄를 짓고 투옥된 자들이라 하여도 베르시아님의 가르침은 반드시 필요합니다. 미리 허락을 받지 않고 방문한 점은 죄송스럽게 생각합니다."

"문제없습니다. 베르시아 교단의 분이라는 사실 그 자체만으로도 허용되니까요. 신경 쓰실 필요는 없습니다."

쉐스의 방문을 맞이하기 위해 지하 감옥을 지키고 있던 경비병의 대부분이 입구 근처에서 줄을 맞추어 대기 중이었다. 개중에는 독실한 신자도 몇 포함되어 있어서 쉐스를 뜨거운 눈빛으로 응시하고 있었다.

"가능하다면 여기 계신 분들과 함께 미사를 진행하고 싶은데, 모두 모일 만한 곳이 있을까요?"

"아무래도 이 근방에는 딱히……."

소르빈느 성 안에 위치하긴 했어도 감옥이라는 특성상 주변에는 인가 하나도 보이지 않고 수풀만 우거져 있었다. 쉐스는 잠시 고민하더니 뭔가를 떠올리며 감았던 눈을 떴다.

"괜찮으시다면 이 자리에서 진행해도 괜찮겠습니까?"

"여기에서 말입니까? 아무런 시설도 없는데 문제없습니까?"

"신의 가호는 그 어디에도 닿는 법입니다. 특별한 장소나 설비가 중요한 것은 아니지요. 전쟁 중에는 임시 막사에서 매주 미사를 진행했다고 들었습니다."

"그래도 이왕 방문하신 김에 제대로 된 미사를 진행하는 게……."

"그분의 가르침이 담긴 성서만 있으면 문제없습니다."

"쉐스님의 뜻이 정 그러하시다면 어쩔 수 없군요."

저녁이긴 해도 여름이라 밖에서 미사를 진행하기엔 문제가 없었다. 무엇보다 감옥 경비라는 지루한 일상을 보내던 경비병들에겐 차라리 신에게 기도하며 시간을 보내는 게 훨씬 덜 따분했기에 불만을 표시하지 않았다.

"그러면 모두 들고 계신 무기를 내려놓고 편히 앉아 주십시오. 굳이 무릎을 꿇으실 필요는 없습니다. 여긴 성당 안이 아니니 격식을 안 차리셔도 됩니다."

하지만 경비병들 전원이 두 무릎을 꿇고서 두 손을 모았다. 개중에는 평소 목에 걸고 다니던 로자리오를 꺼낸 이들도 있었다.

"그러면 시작하겠습니다."

쉐스는 성서를 펼쳐 들더니 시선을 먼 곳으로 옮겼다.

경비병들이 모두 쉐스 쪽을 바라보는 탓에, 수풀 너머에서 누군가 은밀히 움직이고 있음을 아무도 눈치채지 못했다.

7

'어이없을 정도로 쉽게 들어왔어. 이거 생각보다 일이 쉽게 풀리겠는데?'

검은색 가면으로 얼굴을 가린 레이지는 감옥의 허술한 경비 체계를 비웃으며 조심스럽게 발걸음을 옮겼다.

지상 1층, 지하 5층으로 구성된 감옥은 경비병들의 식사 및 숙식용 장소인 지상 1층 건물 안으로 우선 들어와야 지하로 잠입할 수 있다.

아무리 베르시아 교단의 성직자가 방문했다 하여도 최소한의 경비 인원만 남겨두고 줄지어 정문 밖으로 나간 작태에 레이지는 혀를 찼다. 오랜 기간 동안, 심지어 대륙 전쟁 당시에도 지속된 평화는 졸다크 왕국민들의 보안 의식을 밑바닥까지 낮춘 셈이다.

레이지는 수면 마법으로 마주친 경비병들을 하나씩 잠재

우고 건물 안을 돌아다녔다. 그리고 지하로 통하는 입구를 발견했다.

레이지는 잠재운 경비병들의 허리춤에 매달려 있던 열쇠꾸러미를 꺼내 하나씩 자물쇠에 맞춰봤다. 다섯 번째의 열쇠를 자물쇠에 집어 넣자 툭 하는 소리와 함께 자물쇠가 풀리면서 문이 열렸다. 애초에 중죄인을 가두는 감옥이 아닌지라 특수한 마법적 장치는 걸려 있지도 않았다.

그런 식으로 레이지는 한 층씩 지하로 내려가기 시작했다. 각 층마다 입구를 지키고 있는 경비병들은 수면 마법으로 재우고, 열쇠를 빼내 여는 방식으로 지하 5층까지 도착한 레이지는 수감자 명단이 적힌 책자를 꺼내 들었다. 지상 1층에서 홀로 서류실을 지키고 있던 경비병에게 빼내온 것이었다.

'여기에 프레드릭이······.'

너무 쉽게 진행된 탓에 풀렸던 긴장이 도로 찾아왔다.

레이지는 조심스럽게 문을 열고서 천천히 걸음을 옮겼다.

열 개 남짓한 감방이 있음에도 투옥된 자들은 보이지 않았다. 대신 커다란 쥐들이 감방 복도를 빠르게 돌아다니고 있었다.

레이지는 침을 꿀꺽 삼키고서 복도로 이동했다. 그리고 머지않아 홀로 감방 안에 투옥되어 있는 프레드릭을 발견할 수 있었다.

'프레드릭······.'

그는 고개를 푹 숙이고 아래만을 바라보고 있었다. 두 팔에 수갑이 채워져 있었고 굵은 쇠사슬이 연결되어 벽에 매달려 있었다. 쇠창살 너머로 보이는 그의 턱에는 수염이 덥수룩하게 자라나 있었다.

순간 레이지는 울컥하는 기분에 지그시 두 눈을 감고 입술을 강하게 깨물었다. 자신과 달리 순수하게 조국만을 위해 싸운 그를 이 따위로 취급한 졸다크 왕국에 대한 반감이 머리끝까지 치솟았다. 마음 같아서는 제국의 잔당들보다 졸다크 왕국부터 초토화시키고 싶었다.

레이지는 치밀어오른 감정을 천천히 억누르면서 감았던 눈을 떴다.

"프레드릭, 오래간만이야."

자신의 이름을 부르는 소리에 프레드릭은 고개를 들어 올렸다.

"누구지?"

검은색 철가면을 걸친 레이지를, 프레드릭은 당연히도 알아보지 못했다. 목소리는 마법으로 변조되어 매우 거칠었고 오래간만이라는 단어는 너무나 어색하게만 들렸다.

"누구냐고 물었다. 나와 아는 사이인가?"

프레드릭의 목소리는 차갑게 가라앉아 있었다.

정체를 드러내지 않는 레이지의 모습은 둘째치더라도, 입구를 지키고 있어야 할 이들의 낌새가 없다는 걸 알아채고 경계하기 시작했다.

"난 널 여기서 구하기 위해 왔어. 당장 나가자."

"……."

프레드릭은 입을 굳게 다물고 고개를 가로저었다. 눈앞에 있는 이가 누구인지, 어떻게 일이 돌아가는지 알 수 없었지만 그의 결심은 조금도 흔들리지 않았다.

"역시 너라면 그렇게 나올 줄 알았지. 하지만 내가 누구인지 안다면 그렇게 앉아만 있을 수 없을걸?"

레이지는 프레드릭과 자신만이 공유하는 기억 중 하나를 꺼내기로 결정했다.

"날 광견이라 부른 건 쥴리앙 말고 너 하나뿐이었지."

"광견? 광견이라니…… 잠깐."

레이지를 경계하던 눈빛이 놀라움으로 바뀌었다.

프레드릭은 두 눈을 크게 뜨더니 레이지의 머리부터 발끝까지 찬찬히 뜯어보기 시작했다.

"역시 기억하고 있었구나. 그때 쥴리앙이 쩔쩔매던 모습은 참으로 볼 만했지."

쥴리앙이라는 이름이 거듭 반복되자 희미하게 떠올랐던 옛 추억이 선명하게 바뀌었다. 그럼에도 프레드릭의 경계심은 조금도 풀리지 않았다.

"누구지? 무슨 목적으로 나에게 접근하는 건가?"

프레드릭이 유추할 수 있는 인물은 절대 지금 살아서 눈앞에 나타날 수 없었다. 그가 혹시라도 살아 있기를 기대했지만, 그건 이루어질 수 없는 기적이라는 걸 그 누구보다 잘 알고 있었다.

"내가 누구인지 추측은 가지만 확신은 안 서는 거겠지?"

"……."

레이지의 지적에 프레드릭은 입을 굳게 다물었다.

"상식적으로 있을 수 없는 일이니 당연한 거야. 그렇다고 내가 누구인지 직접 설명해 봤자, 여전히 믿기 힘들겠지. 그래서 이런 걸 준비했어."

레이지는 품에서 두 통의 편지를 꺼내 프레드릭에게 건넸다.

"아무거나 맘에 드는 것부터 골라 읽어보도록 해."

프레드릭은 두 통의 편지를 번갈아가며 살피던 도중 깜짝 놀랐다. 발렌시아 왕국의 왕족만이 사용하는 문장이 편지 봉투에 떡하니 찍혀 있었기 때문이다.

그는 부들부들 떠는 손으로 봉투를 열고 편지지를 펼쳤다.

고지식한 너라면 그 녀석이 뭐라 설명하든 믿지 않으려 할 게 뻔해서 일부러 편지로 남긴다. 나도 처음에는 그 녀석의 정체를 알고서 믿지 못했지만, 당시 내가 거쳐 갔던 여자들의 이름을 줄줄 읊어서 믿을 수밖에 없었지. 내가 보장하건대, 네가 생각하는 그 녀석이 맞아. 날 믿는다면 그 녀석의 말도 믿도록 해.

쥴리앙.

"폐, 폐하께서……."

한때 제이워드와 함께 전선에 직접 뛰어들어 싸웠으며, 자신에게 그를 직접 소개해 주었던 쥴리앙의 편지는 프레드릭의 마음을 격렬히 뒤흔들었다.

쥴리앙의 필체가 맞는지 아닌지는 확인할 수 없었지만, 봉투와 편지 마지막 내용에 각각 찍힌 왕가의 문장은 진짜임이 확실했다. 무엇보다 쥴리앙 특유의 여성 편력에 대해 줄줄 늘어놓을 정도면 '그' 외에 떠올릴 수 있는 인물은 없었다.

프레드릭은 고개를 들고서 자신의 앞에 서 있는 레이지를 바라보았다. 검은색 철가면에 가려서 보이지 않았지만 가면 너머로 그가 미소 짓고 있는 듯한 착각이 들었다.

프레드릭, 지금 이 편지를 읽을 즈음에는 그와 만났을 거라 생각돼요. 비록 예전과 달라진 모습이겠지만, 그는 제가 사랑했고 여전히 사랑하는 그가 맞아요. 그것만으로도 그가 누구인지 확실히 알 거라 생각해요.

엘레노어.

"엘레노어님까지 그렇게 말하신다면……."

더 이상 의심할 여지는 없었다.

"얼굴을 보여줘, 제이워드."

그 말을 기다렸다는 듯 레이지는 쓰고 있던 가면을 벗었다.

"너, 정말로 제이워드가……."

"맞아. 비록 스무 살이나 어린 소년의 육체로 옮겨갔지만 너와 함께 오랜 시간을 보냈던 제이워드가 바로 나야."

40대 중반에 가까웠던 제이워드와 달리 레이지는 아직 스무 살도 되지 않은 젊음을 맘껏 발산하고 있었다. 그럼에도 프레드릭은 레이지로부터 옛 동료의 모습을 확실하게 떠올릴 수 있었다.

특유의 자신만만한 태도와 거리낌없는 말투, 그리고 자신을 바라보는 따스한 시선은 오직 제이워드에서만 느낄 수 있었다.

"제이워드!"

프레드릭은 그토록 부르고 싶었던 이름을 외치며 레이지와 포옹하려고 했다. 하지만 그를 옭아매고 있는 쇠사슬이 팽팽히 당겨지며 도로 앉게 만들었다.

"제이워드, 너 정말로… 죽지 않고… 살아 있었……."

"당연하지. 날 누구라고 생각해? 난 불멸이야. 원하는 걸 이루기 전엔 죽고 싶어도 죽지 못한다고."

"그래, 맞아……."

프레드릭은 말끝을 흐리면서 고개를 천천히 숙였다.

그동안 혼자라는 생각에 꾹꾹 눌러왔던 감정이 봇물터지듯 눈물과 함께 흘러나왔다. 다시 만날 수 없을 거라 믿었던 제이워드를 이런 상황에서 만나게 된 게 너무나 극적이었다.

그 때문일까. 프레드릭은 축 처져 있던 어깨를 일으키더니 있는 힘을 다해 팔을 옭아매고 있는 쇠사슬을 잡아당겼다. 이를 악문 프레드릭의 양팔 근육 위로 힘줄이 굵게 튀어나왔다.

우두둑!

벽에 깊숙이 박혀 있던 쇠사슬이 뽑혀 나가며 프레드릭의 몸이 앞으로 기울었다. 그대로 레이지에게 달려가려고 했지만 쇠창살이 앞을 가로막았다. 프레드릭은 쇠창살을 움켜쥐고 잡아당겼지만 꿈쩍도 하지 않았다. 양팔 사이에 이어져 있는 쇠사슬을 끊기에도 역부족이었다.

"난 네가 분명히 죽었다고 알고 있었어! 살아 있는 건 정말로 다행이지만 도대체 뭐가 어떻게……."

"자세한 설명은 여길 나간 다음에 하도록 할게. 위험할 수 있으니 최대한 멀리 물러서.

검집에서 검을 꺼내 오른손에 쥔 레이지의 모습은 프레드릭에게 낯설기만 했다. 그러나 레이지의 오른손을 통해 구현된 오러가 검날을 통해 밝게 빛나자 경악으로 바뀌었다.

"제, 제이워드… 너, 설마 오러를?"

"오러만이 아니야. 내 특기도 여전히 존재하지. 그나저나 쉐스를 몰래 부르려고 했건만, 이 정도면 나 혼자서도 충분하겠어."

레이지의 왼손에 구현된 불길이 손바닥 위로 높게 치솟았다.

"마법과 오러를 동시에?"

프레드릭은 이제까지 단 한 번도 본 적 없는, 두 가지 힘의 구현에 표정이 굳어버렸다. 하지만 놀람은 이에 그치지 않았다.

화염 마법을 구현하고 있는 왼손이 오른손과 함께 검자루를 움켜쥐자, 붉게 타오르는 오러가 검신을 중심으로 회전하기 시작했다.

레이지는 대각선 방향으로 쇠창살을 향해 크게 휘둘렀다. 불길이 담긴 오러가 쇠창살을 뚫고 지나가 건너편 벽을 강타했다. 잘려 나간 쇠창살 위와 아래가 뜨거운 열기에 녹아내리면서 레이지와 프레드릭 사이를 가로막는 건 더 이상 존재하지 않았다. 나름 힘을 조절해 감옥이 무너지지 않게 구현했지만 감방 전체가 흔들리면서 천장에서 돌부스러기가 떨어졌다.

감방 안으로 발을 디딘 레이지는 프레드릭의 수갑 사이를 잇는 쇠사슬도 단숨에 잘라냈다.

"이런 힘은… 본 적이 없어. 너, 정말 제이워드가 맞아?"

10여 년 넘게 대륙 전쟁에 참여했음에도 이런 능력을 쓰는 자들은 아군이든 적이든 단 한 명도 존재하지 않았다.

"중요한 건 그게 아니야, 프레드릭."

왼손으로 검을 바꿔 쥔 레이지는 오른손을 프레드릭을 향해 내밀었다.

"지금 네 녀석이 뭐 때문에 가만히 투옥되어 있는지 나름 알고 있어. 고지식한 성격상 이것 말고 달리 선택할 게 없었겠지."

대륙 전쟁의 마지막을 장식한 네 명의 동료 중 가장 오래, 그리고 마지막까지 함께했던 이는 바로 프레드릭이었다. 그만큼 프레드릭에 대해서 누구보다 잘 알고 있었다.

"하지만 말이야, 제국을 상대로 두려워하지 않고 검을 휘두르던 당시의 너라면… 지금의 널 부끄러워 할 거야. 그때의 넌 가만히 앉아서 일이 해결되길 바라진 않았어."

레이지의 말에 프레드릭의 눈에 망설임이 서렸다. 묵묵히 자신의 무고함이 밝혀지길 기다리던 자신에 대해 과거의 '자신'이 나타나 꾸짖는 느낌이 들었다.

"자, 나가자. 넌 이런 곳에서 썩을 수 없어."

프레드릭의 목소리는 마구 떨리고 있었다. 레이지는 턱짓으로 내민 손을 가리켰다.

"내가 왜 이런 모습을 하고 있는지, 마법뿐만이 아니라 오러까지 익히게 되었는지 다 설명해 주도록 하지. 그리고 내가 누구에게 죽었는지까지 포함해서."

프레드릭은 천천히 오른손을 내밀었다. 레이지의 손에 닿기 직전, 머뭇거리며 멈췄다. 하지만 이내 레이지의 손을 강하게 움켜쥐었다.

8

"음?"

미사마저도 지루함을 느끼며 하품하던 텔린은 지면의 흔들림을 느끼며 주위를 둘러보았다.

다른 경비병들 역시 흔들림 때문에 기도를 멈추고 자리에서 벌떡 일어섰다. 쉐스 혼자만이 평정을 유지하며 두 눈을 감은 채 기도문을 계속 읊고 있을 뿐이었다.

"……!"

혹시나 하는 생각에 목에 걸고 있던 목걸이를 꺼내 든 텔린의 눈에 당혹함으로 바뀌었다. 프레드릭의 감방에는 오러가 통하지 않는 특수처리된 쇠창살이 쳐져 있다. 그것이 망가졌을 때 목걸이에 달린 보석이 붉은 빛을 내도록 만들어졌는데, 지금 그의 두 눈에 선명한 붉은색이 들어왔기 때문이다.

"쉐스님! 잠시 미사를 중지해 주십시오!"

그는 다급히 소리친 뒤 손짓으로 병사들을 불렀다.

"지금 감옥 안에 무언가 일이 터진 거 같다. 네이서, 그대는 최대한 빨리 달려가 레스톤 전하에게 보고해라. 경비병들은 전원 날 따라오도록!"

"뭐라고 보고하면 되겠습니까?"

"우려하던 일이 발생했다고만 전하면 된다. 지금 당장! 빨리!"

그의 외침에 지령을 명받은 부관 네이서는 화들짝 놀라 경례도 붙이지 않고 정문 옆으로 달려갔다. 그리고 마굿간 안으로 들어간 뒤 말에 올라탔다.

뭔가 일이 정신없이 돌아가게 되었음에도 쉐스는 평정심을 유지했다. 그리고 그 '일'이 제대로 시작되었음을 알아챘다.

"텔린 경, 무슨 일입니까?"

"아, 그게 뭔가 이상이 생긴 것 같습니다. 아쉽게 되었지만 미사는 다음에 치르는 게 어떻습니까?"

"알겠습니다."

쉐스의 대답도 미처 듣지 않고 텔린은 경비병들을 이끌고 서둘러 건물 안으로 들어갔다. 뒤따라 어수선하게 경비병들이 따라 들어가자 정문 앞에는 쉐스 혼자만이 서 있었다.

그로부터 한 10분이 흘렀을까.

수풀 너머에서 부스럭하는 소리가 나더니 두 명의 남자가 모습을 드러냈다.

"원래 계획과 다르지 않습니까?"

"예상보다 놈들이 너무 허술했어. 굳이 너까지 부를 필요가 없더군. 한시가 아까우니 서두르자."

레이지는 프레드릭의 손을 붙잡고 콜드란세에 올라탔다. 뒤이어 쉐스가 마차 안으로 들어간 걸 확인한 카트린느는 말 채찍을 내려쳤다.

9

"뭐?"

쨍그랑!

은은한 음악이 울려 퍼지던 연회장 안은 누군가의 강렬한 외침과 함께 돌연 침묵으로 돌아섰다.

"아, 아닙니다. 실례했습니다."

모두의 시선이 자신에게 주목되었음을 안 레스톤은 급히 사과를 한 뒤 지휘자에게 손짓했다. 다시 음악이 울려 퍼지며 연회장은 원래 분위기로 돌아갔다.

레스톤은 네이서를 이끌고 연회장 구석으로 이동했다. 그를 따라가는 롤리앙스와 알렉시나의 얼굴에는 당혹함이 역력했다.

레스톤은 당장에라도 누군가를 죽일 듯한 눈초리로 네이서를 노려보며 추궁하기 시작했다.

"진짜 그게 사실인가? 분명히 텔린 경이 그렇게 말했나?"

"저, 전 그저 우려하던 일이 발생했다고만 전하라고 들었습니다. 그렇게 말하면 전하께서 아실 거라고……."

"젠장…… 왜 이제 와서 일이 꼬이는 거야?"

레스톤은 당장에라도 고함을 지르고 싶었지만 꾹꾹 참으며 인상만 쓸 뿐이었다.

"롤리앙스 경, 지금 나와 같이 그곳으로 가야겠다."

"설마 그자가?"

"내가 너무 그자를 '믿었던 것' 같아. 내 실수야. 지금이라면 아직 늦지 않았을 거다."

그는 자책하면서 서둘러 연회장 입구 쪽으로 걸어가고 있었다. 그런 그의 행보를 오를레앙은 놓치지 않았다.

'그러면 슬슬 움직여 볼까?'

오를레앙은 메린다의 부축을 받으며 자리에서 일어섰다. 그리고 그녀를 옆에 끼고 비틀거리며 한 발짝 먼저 입구에 자리 잡았다.

"레스톤 왕자님~"

"난 지금 바쁘…… 아, 오를레앙 왕자!"

잔뜩 혀가 꼬인 목소리에 짜증을 확 내려던 레스톤은 당사자가 오를레앙임을 알고 황급히 미소를 지었다.

"오늘 이렇게… 끄윽! 아름다운 여자들을 소개시켜 주셔서 감사… 딸꾹!"

"맘에 드셨다니 고마울 따름입니다."

"하지만 막상 왕자님은 저와 단~ 한 마디도! 파티 내내 이야기를 못했… 끄윽."

아무래도 오를레앙이 쉽게 물러설 기미를 보이지 않자, 레스톤은 턱짓으로 롤리앙스 먼저 가보라고 지시했다. 그러자 이번엔 오를레앙이 롤리앙스의 팔을 붙들고 놔주지 않았다.

"롤~ 리~ 앙~ 스~ 경~"

"죄송합니다만 지금 급한 일이 있어서……. 양해 바랍니다."

"저는 말이죠… 오러 유저로서 높은 곳에 다다른 분들을 존경한답니다. 그런 의미에서 롤리앙스 경과 진득하게… 끄윽."

완전히 술에 찌든 오를레앙을 롤리앙스는 떨쳐 내지 못하고 안절부절못했다. 레스톤은 얼굴을 잔뜩 찌푸리며 먼저 가라고 지시했지만, 오를레앙은 한술 더 떠서 롤리앙스를 덥석 껴안았다.

"아아, 롤리앙스 경의 오러가 느껴져……."

술 때문에 가뜩이나 붉게 달아오른 오를레앙의 얼굴이 황홀함으로 가득 찼다.

"메린다, 전하를 제발 데려가 주게. 아무래도 너무 취하신 것 같아."

"이거 봐~ 난 그대보다 이분과 더 오랜 시간을……."

자연스럽게 주위의 시선이 그들에게 쏠렸다. 남자에게 몸을 기대고 부비적거리는 모습에 귀부인들은 잔뜩 흥분한 얼굴로 귓속말을 주고받기 시작했다.

레스톤은 부들부들 떨면서도 화를 억지로 참으려고 안간힘을 썼다. 눈은 웃고 있으면서 입은 잔뜩 일그러진 기묘한 표정이 떠나질 않았다.

"경비병! 오를레앙 왕자님을 침소로 모시게!"

건장한 체격의 경비병 둘이 오를레앙의 두 팔을 잡고 강하게 잡아당기기 시작했다. 그러나 오를레앙은 한술 더 떠서 이번엔 레스톤 왕자의 허리를 잡아당겼다.

"오오…… 이제 보니 왕자님의 오러 역시 각별하군요. 아아, 전 너무나 행복하답니다."

경비병들이 화들짝 놀라며 그에게서 떨어졌다. 오를레앙에게 붙들린 롤리앙스와 레스톤은 어쩌지도 못하고 난감한 상황에 처했다.

"어머머, 저분들 봐요."

"요즘 유행하는 새로운 '분야'에 눈뜨신 게 분명해요."

"왠지 보는 것만으로도 두근두근거리는데요?"

귀부인들은 삼삼오오 모여 두 남자를 양손에 하나씩 끼고 떨어질 줄 모르는 오를레앙을 뜨거운 눈빛으로 바라봤다. 극히 일부의 남자들도 그들을 바라보며 묘한 웃음을 짓고 있었다.

"어이! 뭣들 하는 거야? 보고만 있지 않고 오를레앙 왕자님을 어떻게 해봐!"

레스톤의 일갈에도 경비병들은 섣불리 다가갈 수 없었다. 본능적으로 위험을 느낀 그들은 머뭇거리기만 할 뿐 오를레앙에게 손가락 하나 갖다댈 수 없었다.

Chapter 39
옛 동료들의 발자취

1

베르시아 신성력 1393년 8월 23일.

차남 레이지 크로이덴이 수련을 이유로 떠난 이후 길레터
왕국의 크로이덴가는 별다른 일 없이 평화롭기만 했다.

그러던 오늘, 저택가가 오래간만에 분주해졌다. 그것도 그
럴 것이, 좀 있으면 사돈 관계가 될 포르테 가문의 대마법사
펠튼이 방문했기 때문이다.

그동안 안젤라나 마리에타의 방문에 익숙했던 하녀들은
괴팍하기로 소문난 노괴가 찾아온다는 소식에 잔뜩 긴장하고

손님맞이에 여념이 없었다. 레이지가 떠나기 전날, 갑자기 들이닥친 펠튼 때문에 저택이 발칵 뒤집어졌던 선례를 떠올리며 하녀들은 긴장한 상태에서 정문 입구에서 두 줄로 서서 기다리고 있었다.

집사 페리슨은 회중시계를 바라보며 몇 번이나 시간을 확인했다. 펠튼이 도착하기로 한 시간보다 어느새 20분이 흘러갔다.

펠튼의 마탑으로 직접 사람을 보내야 할까 고민하던 중, 철제 대문이 열리면서 마차가 정원 안으로 들어왔다. 정원을 가로지르며 천천히 이동하던 마차가 정문 앞에 멈춰 서자 페리슨은 마차 옆으로 다가가 문을 열었다.

로브를 걸친 70대 노인 펠튼이 모습을 드러내자 하녀들이 일제히 고개를 숙이며 인사를 했다. 뒤를 이어 마차에서 내린 남자의 머리에 햇빛이 반사되며 반짝거렸다.

페리슨은 두 손을 허리에 붙이고 펠튼에게 정중하게 인사를 건넸다.

"오래간만입니다, 펠튼님."

"지난번에는 예고도 없이 찾아와서 미안하게 되었네."

"아닙니다. 그때 워낙 경황이 없어서 제대로 접대하지 못한 점 죄송스러울 따름입니다."

서로 인사를 주고받은 와중에 돌연 대머리의 남자, 크루제이커가 페리슨 앞에 왼쪽 무릎을 굽히며 고개를 숙였다.

"단장님!"

웅장한 목소리에 하녀들은 깜짝 놀라며 숙였던 고개를 번쩍 들어 올렸다. 페리슨은 크루제이커를 바라보며 난처한 표정을 지었다.

"크루제이커님, 지난번에도 말씀드렸지만 전 더 이상 기사단장이 아닙니다. 크로이덴 가문의 일개 집사에 불과할 뿐입니다. 이러시면 제가 곤란해집니다."

"페리슨님이 뭘 하시든 간에 저에겐 영원한 단장님입니다."

"이보게나, 크루제이커. 페리슨이 곤란해하지 않는가. 그만 일어나게."

결국 펠튼의 만류를 듣고 나서야 크루제이커는 몸을 일으켰다. 페리슨보다 머리 하나는 더 큰 크루제이커의 눈망울에 살짝 눈물까지 깃들어 있었다.

"페리슨, 두 사람은 안에 있는가?"

"네, 케인즈님과 케이지님 모두 두 분이 오시길 학수고대하고 계십니다. 안으로 들어가시죠."

페리슨이 정문을 열자 펠튼이 먼저 안으로 들어갔다. 크루제이커는 도로 마차 안으로 들어가 종이에 칭칭 감긴 '무언가'를 꺼내 들고선 주변을 둘러보았다. 그리고 가장 가까이 있던 하녀 크레아에게 불쑥 건넸다.

"아가씨, 이거 받으라고."

"무, 무엇인가요?"

"직접 확인해 봐. 피부에 좋은 거야."

"피부?"

크루제이커는 대답 대신 엄지손가락을 치켜세우며 미소를 지었다. 열린 입술 사이로 번뜩이는 이빨이 머리만큼이나 인상적이었다.

문이 닫히자 밖에서 대기하던 하녀들은 약속이라도 한 듯 동시에 가슴을 쓸어내리며 숨을 크게 내쉬었다.

크레아는 지금 두 손으로 들어 올리고 있는 '무언가'를 유심히 바라보았다. 가로로 1미터가량 되는 물건임에도 생각보다 무겁지 않았다. 두 손을 꼼지락거리자 종이 너머로 탄력이 느껴졌다. 결국 크레아는 호기심을 참지 못하고 포장된 종이를 살짝 뜯어보았다.

"꺄아악!"

커다란 빨판이 더덕더덕 달라붙어 있는 크라켄의 다리를 본 크레아는 기겁을 하며 엉덩방아를 찧었다. 어느새 옆에 나타난 헬렌이 잽싸게 크라켄 다리 토막을 두 손으로 안아 올렸다.

"크레아, 왜 이리 호들갑이니? 손님께서 주신 선물을 함부로 내동댕이치질 않나……."

"죄, 죄송해요."

헬렌의 지적에 크레아는 엉덩이에 묻은 먼지를 털며 황급히 일어났다.

"그, 그러고 보니 언니! 집사님 젊었을 적에 기사단 소속이셨나요?"

하녀장이라는 지위 대신 하녀들에게 '언니'로 불리는 헬렌은 크레아의 질문에 대수롭지 않게 고개를 끄덕거렸다.

"응. 다들 알고 있는 사실이잖아. 설마 너 이제까지 몰랐니?"

"네. 전혀 짐작 못했어요."

"아, 너야 일한 지 별로 안 되었으니 모르고 있었겠구나."

지금 크레아의 나이보다 더 어릴 때 크로이덴 가문에 들어와서 20년이 넘게 하녀로 일해온 헬렌은 페리슨에 대해 선배 하녀들로부터 많은 이야기를 들었다.

"집사님, 저래 봬도 젊었을 땐 랭크 5의 소드 마스터셨단다."

"네? 그게 사실인가요?"

무가 집안이다 보니 하녀들도 랭크에 대해서 어느 정도 알고 있었다. 랭크 5라는 이야기는 현 가주인 케인즈와 차기 가주가 유력시되는 케이지와 동급이라는 이야기다.

"안타깝게도 임무 중 부상을 당해 20대 후반쯤음 때이셨던 가…… 은퇴하셨다고 들었어. 그 뒤 지금 가주님의 오러 스승으로 가문에 들어오셨지. 왜 집사가 되셨는지는 나도 잘 모르지만 말이야."

"그렇게 대단한 분이셨다니 꿈에도 몰랐어요."

"그리고 집사님을 단장님이라고 부른 크루제이커님은 랭크 6이서. 가주님보다 더 높은 실력을 지니고 계시지."

"네? 그 대머리… 아, 아니! 그분께서요?"

반짝이는 머리만 봐서는 도저히 짐작할 수 없었기에 크레아는 두 눈을 휘둥그레 뜨고서 놀람을 감추지 못했다.

하지만 랭크 5이니 6이니 하는 이야기는 헬렌에겐 아무런 의미가 없었다. 그녀에겐 1년에 한 번 정기적으로 크루제이커가 크로이덴 가문에 보내던 선물, 즉 지금 두 팔로 들어 올리고 있는 '그것'이 중요했다.

"그나저나 이거 오래간만에 먹어보겠구나."

먹는다는 말에 크레아는 기겁을 하며 다시 엉덩방아를 찧었다. 얼굴의 핏기가 완전히 사라지더니 새하얗게 변했다.

"이, 이걸 먹어요?"

"먹어보면 왜 이제까지 이렇게 훌륭한 걸 못 먹고 살았는지 하며 한탄할 거다."

헬렌은 혓바닥으로 윗입술과 아랫입술을 핥으며 입맛을

다셨다. 크레아를 제외한 다른 하녀들의 눈빛이 매섭게 번뜩
거렸다.

2

"하하하! 오래 기다렸지?"

크루제이커의 호탕한 웃음에 귀빈실에서 기다리고 있던
케인즈와 그의 아들 케이지가 자리에서 일어섰다.

"오래간만이로군."

케인즈는 크루제이커를 향해 오른손을 내밀었지만, 크루
제이커의 두 손은 케인즈의 어깨 위에 올려져 있었다.

"넌 왠지 몸이 좀 둔해진 거 같다? 은퇴했다고 벌써부터 퍼
지려는 건 아니겠지?"

양손에 미약하게 오러를 구현해 케인즈의 몸 상태를 파악
한 크루제이커의 얼굴에 미묘한 표정이 떠올랐다.

"시끄러워. 우리 나이 되면 원래 그런 법이야. 괴물 같은
근육을 아직도 가지고 있는 네 녀석이 비정상이지."

"나에게 추월당한 놈이 말은 잘 한다. 아무리 자식들이 잘
나간다고 스스로의 수련을 소홀히 한다는 건 오러 유저로서
자격 상실이야. 안 그래. 케이지?"

케이지는 멋쩍어하면서 크루제이커와 악수를 나누었다.

귀족임에도 특권 의식에 사로잡히지 않은 호탕한 성격하며, 육체의 성장이 훨씬 이전에 끝난 40대임에도 꾸준한 수련으로 만든 건장한 근육하며, 전쟁이 끝나기 직전 봤을 때와 전혀 달라진 점이 없었다.

"크루제이커 경, 그동안 별고 없으셨습니까?"

"너무 늦었지만 기사단장이 된 거 축하한다. 좀 있으면 네 아비 따위 손쉽게 추월해 버리겠구나."

"과찬의 말씀입니다. 전 아버님에 비하면 아직도 멀었습니다."

"겸손 떨긴. 하긴, 넌 원래부터 그랬지."

크루제이커는 케이지의 등을 툭툭 두들긴 후 자리에 앉았다. 펠튼은 가볍게 손만 들어 인사한 뒤 크루제이커의 옆에 앉았다.

네 명의 남자가 모이자 탁자 위에 네 잔의 찻잔이 차례대로 놓였다. 앞으로 나눌 이야기의 성격상, 오직 페리슨 혼자만이 그들의 시중을 들고 있었다. 물론 크루제이커는 '마음속의 영원한 단장'인 페리슨을 도와주기 위해 옆을 서성이다가 펠튼에게 한 소리 듣고 원래 자리로 돌아가 앉았다.

케인즈는 펠튼에게 양해를 구한 뒤 여송연을 입에 물고 불을 붙였다. 길게 담배 연기를 내뿜은 그의 머릿속에 지금 자리에 없는 차남의 얼굴이 자연스레 떠올랐다.

"레이지는 어때? 아직도 엘번 섬에 있나?"

"레이지? 나와 같이 섬을 떠났어. 항구에 도착하자마자 헤어져서 어디로 갔는지는 나도 몰라."

"끝까지 편지 한 장 안 보내더군. 에잉, 역시 아들은 키워봤자 소용없어."

연달아 연기를 뿜어내는 케인즈의 얼굴은 노골적으로 언짢아하고 있었다. 하지만 그만큼 수련에 열중하고 있다는 의미라고 스스로를 설득하면서 분을 가라앉혔다.

"마리에타 양의 편지는 계속 옵니까?"

"며칠 전 한 장 오긴 했는데, 뭔가 의미심장하더구먼."

절대 질 수 없는 상대를 만났습니다. 그 사람을 이기기 전까진 수련에만 몰두할 생각입니다.

필사의 각오보단 왠지 경쟁심이나 질투가 더 느껴지는 내용이었다.

"그러고 보니 크루제이커, 메리슨 부인은 만나봤나? 거의 3년 만에 길레터로 돌아왔으니 말이지."

펠튼의 물음에 크루제이커는 아무것도 안 난 뒤통수를 긁적거리기만 했다.

"귀한집 부인께서 저 같은 녀석에게 흥미를 가질리 없지 않습니까? 호기심 때문에 상대해 주시는 걸 겁니다."

"난 자네가 일정보다 늦게 도착했기에 메리슨 부인부터 만나러 간 줄 알았다네."

"그런 건 절대 아닙니다. 오래간만에 엘번 섬을 나와 길레터로 돌아왔으니 만나볼 사람들이 꽤 쌓였던 것뿐입니다."

여자와는 연관이 없는 크루제이커였지만 서한으로나마 연락을 주고받는 여성이 딱 한 명 있긴 했다.

30대 초반의 나이인 메리슨 부인은 대륙 전쟁이 한창 벌어지던 당시 남편을 전쟁터에서 잃었다. 그 남편은 크루제이커의 몇 안 되는 친구 중 한 명이었고, 그런 그녀를 크루제이커는 편지로서 위로했다.

그렇게 서한을 주고받은 지 어느덧 10년이 훌쩍 넘어갔다. 다른 이들의 눈에는 좋은 이야기가 오갈 사이로 보이기에 충분했지만 크루제이커는 편지로 이야기를 주고받는 수준에 만족하고 머물렀다.

"나야 이미 늙어서 새 삶을 시작하기엔 무리지만, 자네는 아직 한창 나이 아닌가?"

"메리슨 부인이 절 상대해 주는 이유는 저의 특이한 외모와 성격에 흥미 때문일 겁니다. 전 제 자신을 정확하게 파악하고 있습니다."

"너무 자학하는 거 아닌가?"

"과대망상보단 자학 쪽이 훨씬 낫습니다."

크루제이커에게 있어서 메리슨 부인은 죽은 친구가 사랑했던 여성 그 이상도 이하도 아니었다. 물론 그도 남자인지라 그 이상의 감정이 피어오르는 걸 느끼면서도 억지로 누르고 있던 터였다.

'허허, 완전히 서로를 너무 낮추고 있구먼. 그녀 쪽에선 과부에다가 혹까지 딸린 입장이니 크루제이커 쪽에서 동정심으로 상대해 준다고 여기고 있던데. 젊은 것들이 왜들 그래? 쯧쯧……'

며칠 전 펠튼은 메리슨 부인의 저택을 직접 방문했다. 크루제이커가 몇 년 만에 돌아올지 모른다는 말에 메리슨 부인의 얼굴에 화색이 돌았지만, 이내 어두운 그림자가 깔리면서 자조적인 웃음을 지을 뿐이었다.

메리슨 부인의 이름이 언급되자 케인즈는 헛기침을 하며 일부러 모른 척을 했다. 케이지 역시 분위기를 파악하고 차를 홀짝거릴 뿐이었고, 펠튼만이 못마땅한 얼굴로 크루제이커를 바라보며 혀를 찼다.

케인즈는 반쯤 피운 여송연을 재떨이에 비벼 껐다. 그동안 쌓아둔 이야기를 더 나누고 싶었지만, 억지로 시간을 내서 온 케이지를 생각해서라도 당장 본론에 들어가야 했다.

"케이지, 왕궁 내의 움직임은 어떠하냐?"

"특별히 눈에 띄는 일은 없었습니다. 9월에 예정되어 있는 대축제 준비로 바쁘긴 하지만 그건 연례행사이니 당연합니다. 단지……."

"단지?"

"매달 말에 예정되어 있는 각료회의가 연기될 예정이라고 합니다."

아들의 말에 케인즈는 고개를 끄덕거렸다. 기사단장 시절 함께 근무했던 동료들에게 들은 말과 똑같았기 때문이다.

"아무래도 지방 영주들까지 모두 소집한 뒤에 벌일 작정이겠군."

대륙 전쟁이 끝난 이후 길레터 왕국 내에 큰 움직임은 없었다. 그 흔한 인접 국가와의 분쟁도 없었고, 왕궁 내 권력 다툼도 없는 상황에서 각료회의의 연기는 알지 못하는 무슨 일이 벌어졌기에 일어날 수밖에 없다.

"역시 그 정체불명의 서한이 문제가 되었겠지."

케인즈는 아직까지 간직하고 있던 검은색 편지 봉투를 꺼내 빙그르 돌렸다. 케이지를 제외한 세 명의 남자가 지겹게 봐야 했던 증오의 문장이 나타났다 사라졌다를 반복했다.

"흐음, 그때 이후 내가 직접 다른 귀족들을 방문해 물어보고 알아낸 사실이 있네."

그런 거 자체가 있는지 모른다는 반응을 보인 이들도 있었고, 눈치를 보며 직접적인 대답을 회피하는 자들도 있었다.
검은 편지를 받은 이후 펠튼은 길레터 왕국 곳곳을 돌아다녔
고, 두 가지 공통점을 찾아낼 수 있었다.

"랭크 5, 서클 5, 클래스 5 이상의 실력자들에게 왔다는 것
과……."

홀리 유저들과는 인맥이 없어서 알아내지 못했지만, 오러
와 매직 유저들의 경우만으로도 충분했다.

"그러한 이들 중에서도 대륙 전쟁에 참여했던 자들에게 왔
다는 거지. 예외도 있을 수 있겠지만 우선 그건 제쳐 두도록
합세."

그 예로 길레터 왕국에서 가장 빠른 속도의 성장을 보인 케
이지에겐 그 편지가 도착하지 않았다. 그 외 높은 실력을 지
녔음에도 병이나 기타 이유로 전쟁에 참여하지 못한 이들 중
그 '편지'를 받은 이들은 펠튼이 알고 지내는 이들 중 아무도
없었다.

"제 의견을 말해도 되겠습니까?"

자리에 앉은 네 명 중 유일하게 편지를 못 받은 케이지가
조심스럽게 입을 열었다.

"사실 많은 이들에게 협력을 구하는 내용을 전달한다 하여
도, 결국 그들과 손을 잡을 이들은 거의 정해져 있습니다. 그
럼에도, 자신들을 배척할 이들에게도 이런 서한을 보내는 의

도가 의심스럽습니다."

제국의 부활을 노리는 움직임 자체는 전쟁이 끝난 직후부
터 명백하게 존재했다. 원래 대륙의 반 이상을 차지했던 나라
가 단 한 번의 전쟁만으로 산산조각 나기는 힘들다. 그럼에도
이렇게 노골적인 움직임을 보이는 건 뭔가 의도가 있다는 이
야기이다.

"그만큼 자신있다는 이야기임과 동시에 일부러 자신들의
존재를 알리려는 의도를 내포하고 있겠지."

케인즈는 새 여송연을 꺼내 입에 물었다.

"아버님, 앞으로 일이 어떻게 돌아갈까요?"

"당연히 잔당들을 족치는 쪽으로 결정되겠지. 하지만 어떤
변수가 나타날지는 그 누구도 모르는 법이야. 우선은 앞으로
있을 각료회의 때 같이 이야기해 봐야겠지. 전(前) 기사단장
이라는 명목으로 참가할 작정이다. 크루제이커, 너도 참여할
건가?"

"아니. 난 뭔가 조리있게 말하는 건 영 꽝이야. 그건 너에
게 맡기도록 하지."

그들의 이야기를 뒤에서 묵묵히 듣고 있던 페리슨은 빈 찻
잔에 차를 채우려고 탁자 위를 살펴보았다. 하지만 그 누구도
차를 다 마신 자는 없었다.

"그나저나, 생각하면 할수록 괘씸하구먼. 집을 떠난 지 벌

써 반년이 다 되어가는데 연락 한 번 없다니. 쯧쯧……."

케인즈는 연기를 길게 내뿜으며 한숨을 내쉬었다.

스스로 원했다고 해도, 아직 스무 살도 안 된 아들이 돌봐주는 사람 없이 알 수 없는 곳에 머무르고 있다는 사실에 근심이 떠나지 못했다. 마리에타와 함께 있을 거라 추측되었지만, 그녀 역시 귀하게 자라난 귀족 영양인지라 걱정은 더욱 깊어만 갔다.

"별일 없어야 할텐데 말이야."

3

프레드릭이 감옥을 탈주한 이후 레스톤은 내내 찡그린 얼굴이었다.

술에 잔뜩 취해 인사불성이 된 오를레앙을 억지로 깨워놓고 감옥을 찾았지만, 그가 본 것은 녹아내려 흔적만 남은 쇠창살과 텅 빈 감방뿐이었다.

레스톤은 그 즉시 왕성 내에 비상경계령을 선포하고 소르빈느 성을 출입하는 모든 이들에 대해 검문검색을 강화했다. 경비병들을 총동원해 소르빈느 성 이곳저곳을 이잡듯 뒤졌고, 프레드릭과 조금이라도 관련된 자들을 모두 소환해 강도 높은 심문을 실시했다. 그러나 프레드릭의 모습은 그 어디에서도 찾아낼 수 없었다.

"젠장! 도대체 어디로 숨어버린 거야!"

쨍그랑!

프레드릭의 수색이 3일째가 되자 레스톤의 인내심은 결국 한계에 달했다. 그는 손에 잡히는 것을 죄다 방바닥에 내팽개 쳤다. 와인잔이 박살 나고 탁자 위에 있던 잉크병이 엎질러지 면서 카펫을 검게 물들였다. 책장에 꽂혀 있던 책들이 우수수 쏟아지며 무질서하게 쌓였지만 그의 분노는 조금도 풀리지 않았다.

"헉, 헉……."

더 이상 손에 잡히는 게 없자 레스톤은 거친 숨을 내쉬면서 뒤늦게 분을 가라앉혔다. 그리고 소파에 앉아 프레드릭의 탈 옥에 대해 처음부터 꼼꼼히 추리하기 시작했다.

'역시 가장 유력한 용의자는 오를레앙 왕자 일행이야. 프 레드릭이 탈주한 날 감옥을 방문한 이는 그와 함께 다니는 쉐 스밖에 없어.'

실제로 레스톤은 따로 명령을 내려 쉐스를 포함한 오를레 앙 왕자 일행의 일거수일투족을 파악했다. 그러나 그들은 마 련된 귀빈실에 머무르기만 할 뿐, 밖에 나갈 생각조차 하지 않았다. 마음 같아서는 가두어놓고 심문하고 싶었지만 명색 이 한 나라의 왕자와 함께 온 이들이라 그저 뒤꽁무니만 쫓아다니는 것 외에 방법이 없었다.

'쇠창살을 녹인 건 분명히 높은 수준의 마법이야. 제대로
마법을 쓸 수 있는 자는 그들 중 쉐스가 유일한 이상, 그놈만
어떻게 족친다면……'

그러나 쉐스는 오를레앙과 함께하는 일행 이전에 베르시
아 교단의 성직자이다. 클래스 4씩이나 되는 성직자를 멋대
로 심문했다간 교단 측의 거센 항의를 피할 수 없게 된다.

어떻게 하면 쉐스를 가둘까 고심하던 그의 귀에 노크 소리
가 들렸다.

"누구야?"

"알렉시나입니다. 들어가도 되겠습니까?"

"들어와."

방문이 열리자 알렉시나의 시야에 엉망진창이 된 방이 모
습을 드러냈다.

"하녀를 불러 치워도 되겠습니까?"

"우선 용건부터 말해. 지금 난 상당히 열 받은 상태이니까
요점만 분명히."

레스톤의 싸늘한 어조에 알렉시나는 식은땀이 흘러내렸
다. 만일 조금이라도 일찍 들어왔다면 화풀이 대상이 자신이
었을 거라는 예상에 소름마저 돋았다.

"지금 오를레앙 왕자 일행이 왕궁을 떠난다고 합니다."

"그래?"

레스톤은 소파에서 벌떡 일어나더니 방금 전 내던졌던 검을 허리에 찼다.

"안 되겠어. 내가 직접 찾아야 해. 분명히 그놈들이 망할 프레드릭을 데리고 있을 게 뻔하다고!"

4

왕궁 밖으로 통하는 정문에 보통 마차보다 몇 배에 달하는 크기의 콜드란세가 출발만을 기다리고 있었다. 하지만 마차 앞에 수십 여 명의 병사들이 줄지어서 가로막고 있었고, 옆에는 두 명의 왕자가 서로 이야기를 나누고 있었다.

"좀 더 머무르시길 바랐습니다."

"하하, 그게 말입니다. 저도 염치가 있는데 그런 추태를 보이고 아무렇지 않게 귀빈실을 차지하고 있긴 좀 그렇지 않습니까? 레스톤 왕자님의 방문을 거절한 이유도 얼굴을 마주하기 부끄러워서……."

"괜찮습니다. 술이 죄지, 왕자님이 죄이겠습니까? 안타까운 건 여러 가지 사정 때문에 제대로 된 대접을 못해 드려서 아쉬울 뿐입니다."

레스톤은 미소를 가득 머금고 말을 건넸지만, 매서운 눈초리로 오를레앙 옆에 서 있는 쉐스를 노려보았다. 쉐스 본인은 아무렇지 않다는 듯 태연하게 그의 시선을 받아넘겼다.

"현재 졸다크 왕국은 프레드릭 경의 탈주 때문에 예민해진 상태입니다. 평소라면 그냥 보내 드렸겠지만, 엄중한 검문검색에 대해 양해 부탁드립니다."

말을 마친 레스톤은 병사들에게 손짓했다.

그러자 수십여 명의 병사들이 콜드란세에 다가가더니 구석구석 꼼꼼히 수색하기 시작했다. 오를레앙의 허락도 없이 양해만을 바란다는 말만 하고 수색이 시작되자 카트린느는 항의하려고 앞으로 나섰지만, 오를레앙이 팔을 내밀며 저지했다.

"긴급사태라는 점, 인식해 주시길 바랍니다."

"흐음, 솔직히 프레드릭 경에 대해서 많이 실망했습니다. 법의 심판을 기다리지 않고 도망쳤다는 것 자체가 본인의 유죄를 증명하는 셈이지 않습니까?"

오를레앙은 못내 아쉬운 말투로 그의 탈주를 서글퍼했다.

'그래, 난 이런 반응이 나오길 기다렸어. 하지만 프레드릭이 사라진 지금은 아니야.'

레스톤은 프레드릭을 아주 조금씩 영웅의 위치에서 아래로 내리기 위해 차근차근 음모를 추진했다. 현재 소르빈느 성 내에선 프레드릭에 대한 여러 소문이 거의 확정사실로 굳어진 지 오래다. 그를 구국의 영웅이라 칭송하는 이들은 극소수에 불과했다.

하지만 그건 어디까지나 프레드릭이 졸다크 왕국 '내'에 있을 경우에 한하는 이야기다. 레스톤은 그가 가진 힘을 국가가 소유한 상태에서 그의 정치적 입지를 낮추길 원했던 것이다. 앞으로 자신이 할 일에 방해하지 못하도록.

만약 프레드릭이 졸다크 왕국 밖으로 탈출한 뒤 다른 국가나 세력과 손을 잡는다면 그것만으로도 졸다크 왕국의 입지는 대폭 줄어들어 버린다. 프레드릭의 군은 애국심 하나만을 믿고 절대 탈출하지 않을 거라는 레스톤의 예상은 멋지게 빗나가 버린 셈이다.

콜드란세의 수색에 들어갔던 병사들이 원래 자리로 도로 돌아갔다. 그들을 지휘하던 젊은 기사가 레스톤에게 다가가 귓속말을 건넸다.

"특별히 이상한 점은 없습니다."

"그래?"

레스톤은 대답을 듣자마자 직접 마차 문을 열고 콜드란세 안으로 들어갔다. 그러자 화들짝 놀란 오를레앙이 뒤따라 들어갔다.

"레스톤 왕자님, 이미 수색이 끝난 상황에서 이러시면 좀······."

오를레앙의 만류 따위 레스톤의 귀에 들어오지 않았다. 직접 자신의 손으로 확인해야 직성이 풀릴 거 같았다.

마차 안의 이음새 하나 꼼꼼하게 확인하던 레스톤은 후방부의 좌석을 살피더니 뭔가를 발견하고 손으로 꾹 눌렀다.

그러자 마찰음과 함께 후방부 좌석 네 개가 일제히 뒤로 밀려나면서 가려져 있던 바닥이 모습을 드러냈다.

레스톤은 바닥에 몸을 숙이더니 두 팔을 크게 펼쳤다. 길게 이어진 선이 기다란 직사각형을 이루고 있었고, 그 선 안쪽을 주먹으로 두들겨 보니 다른 바닥과 소리가 달랐다.

"흐음, 아무래도 여기는 뭔가 비어 있는 것 같군요. 맞습니까?"

"레, 레스톤 왕자님! 거긴……."

"보아하니 사람 한 명은 충분히 들어가고도 남을 공간으로 보이는군요. 실례되지 않는다면 이 안을 수색하고 싶은데 허락해 주시겠지요?"

허락을 요청하는 게 아닌, 강요하는 말투에 오를레앙 옆에 있던 카트린느의 표정이 노골적으로 일그러졌다. 애당초 마차 안에 들어온 거 자체가 오를레앙의 양해조차 제대로 구하지 않았던 상황이라 분위기는 살벌하게 변한 지 오래였다.

오를레앙은 승낙 혹은 거절, 어느 한쪽의 의사를 명확히 드러내지 않고 우물쭈물하기만 했다. 레스톤은 더 이상 그의 대답을 기다릴 필요성을 못 느꼈다.

"실례하겠습니다."

우드득!

오러가 실린 레스톤의 손이 무자비하게 바닥을 뜯어냈다. 레스톤은 만연에 미소를 머금고 안에 누군가 누워 있음을 확인했다. 그러나 잠시 후, 미소는 일그러짐으로 바뀌었다.

"이, 이건 뭐야?"

기대했던 프레드릭은 온데간데없고, 젊은 여성이 다소곳이 누워 있었다. 그녀의 주변은 온통 붉은색의 장미꽃으로 들어차 있었다.

누워 있던 여성은 레스톤과 눈이 마주치자 그대로 굳어버렸다. 가슴 위에 포개서 올린 두 손만이 미세하게 떨고 있을 뿐이었다.

"이거 면목이 없습니다. 지난 번 소개시켜 주신 메린다 양이 너무나 맘에 들어서 남들 몰래 밀반출, 아, 아니! 제 모국으로 데리고 가려고 했습니다."

"메린다? 아아, 분명히 제가 소개시켜 드렸지요."

레스톤은 애써 태연하게 대답했지만 속은 부글부글 끓고 있었다. 그의 등을 보고 있는 오를레앙은 쑥스러워하며 뒤통수를 긁고 있었지만, 그의 시선을 한눈에 받아야 하는 메린다는 공포에 질려 안색이 새파랗게 변했다.

"메린다 양의 아름다움을 단 며칠만 즐기기엔 너무나 안타까웠습니다. 하지만 아시다시피 저에 대해서 좀 안 좋은 소문이 돌지 않습니까? 저야 항상 떳떳하지만 더 이상 소문이 악화되도록 놔둘 수 없었기에 몰래 데리고 나오는 방법을 썼습니다."

"굳이 이렇게 비밀리에 하실 필요까지 있었습니까?"

"비밀리에 하지 않으면 안 되니까요."

오를레앙은 우아한 동작으로 메린다를 일으켜 세운 뒤 부축해 마차 밖으로 인도했다. 레스톤의 증오를 일방적으로 받아야 했던 그녀는 비틀거리며 홀로 걸어갔다.

메린다가 밖으로 나갔음에도 레스톤은 콜드란세에서 내리지 않았다. 멍하니 메린다가 누워 있던 공간을 응시할 뿐이었다.

"레스톤 왕자님, 이제 만족하셨습니까?"

"……."

"흠흠, 콜드란세는 어디까지나 발렌시아 왕궁의 사유물입니다. 긴급상황이라 하여도 저의 허락 없이 손상을 가한 점은 그냥 넘어갈 수 없습니다. 그러나 저 역시 남부끄러운 일을 하려 했으니 서로 묻어두는 편이 어떻습니까?"

사실 오를레앙이 한 나라의 왕자의 신분으로 온 이상, 검문 검색 정도야 거절해도 무방했다. 그걸 허락한 것만으로도 관용을 베푼 것인데, 왕족의 마차를 손상했음에도 그냥 넘어가

자는 것은 상당히 파격적인 제안이었다.

그러나 레스톤은 미련을 버리지 못하고 떠날 줄은 몰랐다.

오를레앙은 레스톤의 어깨 너머로 얼굴을 불쑥 내민 뒤 씨익하고 미소를 지었다.

"정 원하신다면 아예 콜드란세를 해체하셔도 무방합니다만, 그만큼의 대가는 치르셔야 할 겁니다. 제가 연회장에서 벌인 추태는 어디까지나 술에 취해 제정신이 아닌 상태였지만, 지금의 레스톤님은 극히 정상 아니십니까?"

오를레앙의 어조 자체는 정중했지만 대화 속에 내포된 내용은 꽤나 무거웠다. 프레드릭이 분명히 있을 거라는 확정에 제멋대로 폭주하던 레스톤은 뭐라 할 말이 없었다.

"정 그렇게 저와 이 밀폐된 공간에서 단둘이 있고 싶으시다면……."

"……!"

순간 레스톤의 머리속에 연회장에서 벌어졌던 악몽이 재현되었다. 그는 온몸의 소름이 돋는 느낌을 견디지 못하고 콜드란세 밖으로 후다닥 튀어나왔다.

앞을 가로막고 있던 경비병들이 옆으로 물러서 길을 내주자, 레이지와 쉐스가 마차 안에 올라탔고 카트린느가 마부석으로 휙 뛰어올랐다.

분위기가 살벌하게 변한 탓인지 굳이 작별인사를 할 상황이 아니었다. 천천히 콜드란세가 이동하면서 정문을 지나갔고, 그 모습을 레스톤은 멍하니 바라보기만 했다.

'이대로 보낼 수는 없어.'

멀어져 가는 콜드란세를 보면서 레스톤의 집착이 되살아났다. 그의 직감은 여전히 프레드릭이 콜드란세 안에 있다고 외치고 있었다.

"…추격대를 보내."

"네?"

"저 마차 안에 분명히 프레드릭이 있다고! 놈들이 소르빈느 성을 나갈 때를 맞춰서 출발시켜. 알았어?"

5

유유히 소르빈느 성 밖으로 나간 콜드란세는 빠른 속도로 남쪽을 향해 이동 중이었다. 도로 양 옆에는 넓은 초원이 지평선까지 길게 이어져 있었다.

레이지는 마차의 창문을 열고 고개를 내밀어 뒤를 돌아보았다. 쫓아오는 이들이 없다는 걸 확인하고서 도로 좌석에 앉았다.

'여기까지 왔으면 문제없겠지.'

"프레드릭, 나와도 돼."

그의 말에 장미꽃이 가득 차 있던 뒷좌석 바닥 안쪽이 열리면서 건장한 남자의 팔이 툭 튀어나왔다.

몸을 일으키고 밖으로 나온 그는 몸에 붙은 장미꽃을 털어내고는 레이지의 옆 자리에 앉았다. 맞은편에는 초롱초롱한 눈빛으로 그를 우러러보는 오를레앙이 있었다.

"버틸 만했냐?"

"장미꽃 향미가 진동하는 것빼곤 별문제 없었어."

그토록 레스톤이 찾았던 프레드릭은 메린다를 숨겨뒀던 비밀 공간 바로 아래의 또 다른 창고 속에 숨을 죽이고 누워 있었다. 일부러 메린다를 그 위에 숨겨둔 것은 오를레앙 나름대로의 비책이었다.

"그동안 얼마나 고생이 많으셨습니까!"

오를레앙은 울먹이는 목소리로 프레드릭을 향해 얼굴을 불쑥 내밀었다.

"3일이나 비좁은 곳에 가두어 놓은 점, 아무리 사과해도 죄책감이 사라지지 않는군요. 남들의 눈을 피해 몰래 식사라도 전해 드리고 싶었지만, 레이지님께서 그럴 필요 없다고 하시기에……."

"레이지?"

프레드릭은 제이워드의 새 이름에 낯설어하며 그를 바라보았다.

"이 육체의 이름이야. 레이지 크로이덴. 가문명은 너도 한 번쯤 들어본 적은 있겠지?"

"길레터 왕국의 크로이덴가 말이지? 부자 모두 5랭크의 소드 마스터라는?"

"그래, 사실 대륙 전쟁 당시였다면 한 가문에 고작 소드 마스터 두 명이 존재한다고 멀리 떨어진 곳까지 이야기가 퍼지진 않았겠지. 그랜드 마스터가 두 명이라면 모를까?"

남들이 들으면 오만하게 들리는 대화였지만, 아크메이지였고 그랜드 마스터인 두 남자에겐 당연한 이야기였다.

"내가 왜 그 가문의 자식이 되었는지 설명하고 싶지만, 그보다 먼저 너와 이야기하고픈 사람이 있으니 양보하도록 하지."

구출할 당시엔 지금처럼 여유롭게 쌓인 이야기를 주고받을 상황이 아니었다. 막상 이야기를 하려고 하는 지금은 프레드릭을 바라보는 오를레앙의 눈빛이 워낙 뜨거웠기에 물러서기로 했다.

"저, 전 발렌시아 왕국의 와, 왕태자 오를레앙 쥴리앙 발렌시아라고 하, 합니다!"

평소 느끼하고 여유로운 그의 말투와는 사뭇 달랐다. 긴장 때문에 혀가 꼬이더니 버벅거리기 시작했다.

프레드릭은 오를레앙의 얼굴을 바라보더니 그의 아버지를 떠올렸다. 자연스럽게 미소가 흘러나왔다.

"줄리앙 폐하와 정말 닮았군요."

"가, 감사합니다!"

평소라면 아버지와 판박이라는 말에 격하게 화를 냈겠지만, 대륙 전쟁의 영웅이자 오러에 극에 달한 프레드릭의 말이었기에 오를레앙에게는 달콤하게만 들렸다.

"저 실례되지 않는다면… 손을 잡아도 되겠습니까?"

"괜찮습니다만?"

허락이 떨어지자마자 오를레앙은 프레드릭의 오른손을 양손으로 덥석 붙잡았다. 그리고 두 눈을 감고서 고개를 천천히 들어 올렸다.

"아아! 이게 그랜드 마스터의 오러! 지금 죽어도 여한이 없어……. 아아!"

뭔가를 격렬히 느끼는 그의 반응에, 왼쪽에 앉아 있던 쉐스는 슬며시 자리를 한 칸 옆으로 더 옮겼다. 그러나 지금의 오를레앙의 눈에 들어오는 건 오직 한 명, 프레드릭밖에 없었다.

동경하던 우상을 만나 즐거워하는 오를레앙을 보자 레이지의 장난기가 발동했다.

"전하, 혹시 그거 연기가 아니라 본심이었던 건 아니겠지요?"

"네?"

영문을 모르겠다는 오를레앙과 달리 뭔가 알아챈 쉐스는

한숨을 길게 내쉬더니 마법서를 펼쳐 들고 독서를 시작했다.

"전하께서 여성보단 남성을……."

"허헉!"

오를레앙은 애써 잊고 있던 3일 전의 악몽을 떠올리며 기겁했다. 프레드릭을 구하기 위한 방법이라고 하나 다시는 할 엄두조차 안 나는 극악의 행동이었기에.

"저, 전 절대 남자에게 그런 감정을 품고 있지 않습니다! 제가 사랑하는 건 오직 여성! 아름답고 총명하며……."

"우선 그 손부터 놓는 게 설득력 있을 겁니다."

레이지가 오를레앙의 두 손을 빤히 바라보자 그는 황급히 프레드릭의 손을 놓았다. 하지만 미련이 남아서인지 도로 붙들었다.

"전 가능한 한 레스톤 왕자와 롤리앙스 경이 연회장에서 나오지 못하도록 시간을 끌어달라고만 부탁했습니다. 하지만 그렇게 몸을 바쳐서까지 훌륭하게 일을 해내실 줄은 몰랐습니다. 쥴리앙보다 훨씬 헌신적이더군요."

"저, 전 오직 프레드릭 경을 구출하기 위해서라는 신념으로 시간을 더 벌려고 그랬을 뿐입니다!"

"사실 타이밍이 꽤 안 좋긴 했습니다. 항상 수십여 명의 메이드와 여성 경호원들을 거느리며 돌아다니기로 유명한 전하께서, 막상 여자는 한 명만 동행하신 탓에 소문은 날개를 타고 전 대륙으로 퍼져 나가는 중이라더군요."

"흐흑……."

레이지는 나름 솔직하게 고마움을 표했지만 오를레앙에겐 가슴에 콕콕 박히는 바늘이나 마찬가지였다.

"오를레앙 전하는 폐하의 아드님이라는 건 알겠고… 옆에 계신 성직자분은?"

프레드릭은 자신을 구해준 일행 중에서도 유독 침묵만 지키고 있는 쉐스가 누구인지 궁금해졌다. 쉐스는 읽던 마법서를 덮더니 정중하게 고개를 숙여 인사했다.

"쉐스 S. 트리옴이라고 합니다. 스승님으로부터 프레드릭 경에 대한 이야기를 많이 들었습니다."

"스승님?"

"아크메이지 엘레노어 M. 메이오르님이십니다."

"아! 엘레노어님의……."

오래간만에 듣는 그녀의 이름에 프레드릭의 가슴속에 아련함이 느껴졌다. 엘레노어가 제이워드를 떠나기 전날 밤, 서로 부탁을 주고받았던 추억이 새록새록 떠올랐다.

'모두 대륙 전쟁 시절 날 도와주었던 분들의 후예로군. 마치 그분들과 함께 있는 기분이 들어.'

치열했지만 반대로 뜨거운 동료애를 느낄 수 있었던 전장이 그의 머릿속에서 천천히 스쳐 지나갔다.

'그동안 잊고 있었던 이름이 너무나 많았어. 제이워드의 죽음 이후로 난 너무 고립되어 있었던 게 아닐까?'

최후의 순간까지 동료들을 위해 싸운 데릭.

그 데릭을 대신해 신의 가호로 동료들을 항상 보호해 주었던 베아트리체.

그리고 지금은 적으로 만날 수밖에 없는 베른과 나르디안.

마지막으로… 죽은 줄로만 알았지만 다시 살아서 돌아온 제이워드.

프레드릭은 자신의 오른편에 앉아 있는 레이지를 바라보았다. 막상 제이워드라는 사실을 받아들였음에도 어린 소년의 외모는 여전히 이질감을 느끼게 했다.

"흐음?"

팔짱을 끼고 침묵을 지키고 있었던 레이지는 뭔가를 느끼고 창문을 열고 고개를 내밀었다.

"전하, 아무래도 날파리들이 달라붙은 거 같습니다."

"그 왕자 성격상 고분고분하게 보내줄 리 만무하죠."

"저도 그럴 거라 예상은 했습니다만."

오를레앙은 마부석 쪽으로 통하는 작은 문을 열었다.

"카트린느, 날파리들을 떨쳐 내도록."

"알겠습니다."

카트린느는 허리 주머니에서 알약 두 개를 꺼내더니 한창 달리고 있는 말들의 머리 위로 휙 던졌다.

두 마리의 말은 길게 내민 혀로 각각 하나씩 알약을 휘감더니 꿀꺽 삼켰다. 순간 말들의 입에서 히히힝 하는 소리를 내며 훨씬 더 빠르게 말발굽을 내딛었다. 발렌시아 왕가 대대로 내려오는 비약의 효능은 말에게도 효과적이었다.

레스톤의 명을 받아 말을 타고 추적하던 세 명의 기사와 바람을 가르며 돌진하는 콜드란세와의 거리는 점점 멀어져만 갔다. 결국 지평선 너머로 사라진 콜드란세를 바라보며 그들은 추적을 포기해야만 했다.

6

"실패?"

베른의 보고를 받은 나르디안은 의외라는 반응을 보였다.

"베른, 설마 봐주면서 상대한 건 아니겠지?"

"난 상대가 누구이든지 간에 항상 최선을 다한다."

"그래, 그래야 베른답지. 그럼에도 실패라니, 흐음……."

오를레앙과 동행하던 이들이 원래 예상했던 자들과 달랐다는 변수를 감안하더라도 예상 밖의 결과였다.

"그 소년이 진짜로 마법과 오러를 동시에 사용했어?"

"그렇다."

"워락(Warlock)이라, 대륙 전쟁 때도 본 적이 없는데 이제 와서 그런 괴물이 튀어나오다니 놀라워."

듀얼 클래스 중 가장 희귀하다는 워락이 평화로운 시대에 탄생했다는 게 참으로 역설적이었다.

"길레터 왕국의 크로이넨 가문이라면 대대로 오러 유저가 나오는 가문이긴 했지. 그런데 마법까지 쓴다라, 따로 마법 스승을 둔 게 아닐까?"

앞으로 강력한 적으로 나타날 수 있는 소년의 존재에 나르디안은 강한 호기심이 들었다. 만일 가능하다면 같은 편으로 꼬드기고 싶을 정도의 매력도 살짝 느꼈다.

하지만 지금은 어설프게 동료를 늘리는 선택을 삼가야 하는 시기다. 이미 그녀와 뜻을 함께하는 이들의 수 자체는 충분히 확보했으니 남은 건 앞으로의 계획을 얼마나 치밀하게 전개하느냐에 달려 있다.

"좀 더 일찍 그 레이지라는 소년의 존재를 알았으면 좋았을 걸. 제이워드처럼 꽉 막히지 않았다면 어떻게든 손을 잡고 싶을 정도야."

나르디안은 목에 걸려 있던 펜던트를 만지작거렸다. 그녀의 손으로 직접 죽인 옛 동료, 제이워드가 항상 걸고 다니던 물건이었다.

"직접 죽인 그 녀석의 물건을 지니고 다니는 게 이상해?"

"당연하다."

나르디안은 자신이 죽인 제이워드에 대해 특별한 감정 따위 조금도 없었다. 소위 말하는 애증은 물론이거니와 질투, 선망 같은 것도 없었다. 뜻이 맞아 함께 싸울 때 우정을 조금 느끼긴 했어도 시간이 흐르면서 서서히 옅어졌다.

"난 그 녀석을 내 손으로 직접 죽였지만, 왠지 모르겠지만 살아 있을지 모른다는 느낌을 지울 수 없어. 이성적이지 않다는 건 나도 잘 알아.

그녀는 유달리 '감' 이 강했다. 대륙 전쟁 당시에도 그 감에 의지해 수많은 위기를 극복하고 살아남았다.

"이걸 지니고 있다면, 분명히 그 녀석은 이걸 보고 감정을 주체하지 못할 게 뻔해. 차가우면서 이성적이었지만 동시에 감정에 솔직한 면도 있었잖아? 오래 전에 죽은 스승의 펜던트를 항상 걸고 다니던 놈이었으니까."

나르디안은 제이워드의 펜던트를 손으로 매만지며 옛 일을 떠올렸다. 크루디아 제국이라는 거대한 벽과 맞서 싸우면서 만난 이들, 헤어진 이들의 이름이 하나씩 스쳐 지나갔다.

하지만 전쟁 후 그녀에게 닥친 불행은 모든 추억을 의미없게 만들었다. 다시는 새 생명을 잉태할 수 없게 된 자신의 배를 바라보는 그녀의 눈빛에 슬픔이 담겨 있었다.

"오를레앙 왕자 일행이 길레터 왕국으로 향하고 있다고

했지?"

"그래."

"레스톤 왕자 말대로, 프레드릭은 분명히 오를레앙을 따라 도망쳤을 거야. 그렇다면 계획을 좀 수정해야겠어."

"어떻게?"

"그 레이지라는 소년을 한번 상대해 보고 싶어. 길레터 왕국 쪽은 네가 담당하기로 했지? 나와 바꾸도록 해."

"프레드릭이 나타날지도 모르는데?"

"레스톤 왕자의 이야기에 따르면, 그는 예전 실력에 못 미칠 거야. 그렇게 두려워할 상대는 못 돼. 난 프레드릭보단 위락일지 모르는 그 소년이 기대돼."

오러 유저로서의 투쟁심이 나르디안을 자극했다. 이제까지 경험해 본 적이 없는 능력의 소유자가 어떤 힘을 보여줄지 기대되었다.

"빨리 9월이 오기만을 바랄 뿐이야."

대륙의 유력 인사들에게 보낸 검은색 편지가 단지 허튼 소리가 아니라는 걸 증명해야 할 때가 다가오고 있었다.

Chapter 40

귀한 손님

1

베르시아 신성력 1387년 10월 28일.

이른 새벽, 쌀쌀한 바람이 수백여 개의 막사 사이를 비집고
불고 있었다.

그 막사들로부터 멀리 떨어진 곳에 엘레노어는 홀로 서 있
었다. 전날 밤 모든 걸 정리했다고 생각했지만, 막상 떠나려
고 하니 발걸음이 떨어지지 않았다.

「엘레노어님!」

자신의 이름을 부르는 목소리에 그녀는 뒤를 돌아보았다.

「사실입니까?」

무엇인지 물어보지도 않고 다짜고짜 맞는지 틀리는지를 확인하려는 프레드릭의 질문에 그녀는 등을 보인 채로 두 눈을 지그시 감았다. 어젯밤 침대에 얼굴을 파묻고 펑펑 운 탓에 빨갛게 된 눈동자를 보여주기 싫었기 때문이다.

「왜 엘레노어님이 떠나야 하는 겁니까? 억울하게 뒤집어쓰신 누명이 사라진 지금 왜!」

지금으로부터 한 달 전, 오래간만에 전투에서 패배한 제이워드의 돌격부대는 큰 혼란에 휩싸였다. 제이워드가 아끼는 동료 중 한 명인 엘레노어가 제국군 측에 정보를 제공해 패배를 유발했다는 소문이 파다하게 퍼졌다. 이를 근거로 최근 돌격부대에 합류한 데인 왕국의 펠리온 장군은 엘레노어의 강력한 처벌을 주장했다. 엘레노어가 원래 제국군 소속이었고, 제국 황실의 핏줄을 탔다는 사실은 소문을 거의 기정사실로 만들기에 이르렀다.

하지만 제이워드의 철저한 조사와 증거 수집의 결과, 정보 유출은 오히려 펠리온 장군의 소행임이 밝혀졌다. 뒤늦게 돌격부대에 합류한 데인 왕국 측에서 돌격부대 내에서 자신들의 입지를 확고히 하려는 의도 때문이었다.

제이워드는 펠리온 장군과 그 휘하의 부하들을 죄다 처형했고, 데인 왕국에서 파견한 고작 500명밖에 안 되는 병력을 돌려보냈다.

「그것 때문이 아니랍니다.」

엘레노어는 근 한 달 동안 지속된 자신에 대한 질타에 몸과 마음이 지칠 대로 지쳤다. 제이워드를 비롯한 다른 동료들이 그녀를 믿었기에 그나마 버틸 수 있었다. 특히, 펠리온 장군에 대한 정보 유출 증거를 묵묵히 수집한 제이워드에 대해서는 단순히 고맙다는 말만으로는 부족했다.

「전 어디까지나 제이워드를 위해서 전쟁터에 나섰어요. 그건 프레드릭도 잘 알고 있겠죠?」

「네.」

「계속 그의 곁에서 제 감정을 표현하다 보면 언젠가는 저를 여자로 봐줄 줄 알았지요. 하지만 그는 끝내 제가 아닌 다른 누군가만을 바라봤어요. 차라리 살아 있는 상대라면 경쟁해서 이길 수 있겠지만, 지금 이 세상에 없는 사람이라 그것조차 불가능했죠.」

제이워드는 오직 그의 스승이자 은인인 샤를로트만을 바라봤다. 그렇기에 스승의 죽음 이후 강대한 크루디아 제국과 맞서 싸울 수 있었다.

「그렇다고 불행하다는 것은 절대 아니랍니다. 그와 함께한 5년이라는 시간 동안, 전 무척이나 행복했어요. 어릴 땐 그저 마법의 매력 자체에 빠져서 시간을 보냈고, 제가 여성이라는 걸 뒤늦게 자각할 즈음엔 어머니를 위해서 어쩔 수 없이 피비린내 나는 전장을 돌아다녀야 했답니다. 그런 저에게 그는 제가 여성이라는 걸 깨닫게 해준 유일한 존재였지요.」

이미 서른 살을 넘어선 나이의 그녀였지만, 제이워드를 떠올릴 때의 그녀의 눈은 마치 사랑에 빠진 소녀처럼 밝게 빛났다.

「사실 지금보다 일찍 그의 곁을 떠나려고 했어요. 하지만 막상 그 일이 터진 상태에선 저 혼자만의 감정으로 행동하기엔 무리였어요. 그 일이 해결되지 않은 상태에서 제가 사라진다면, 그것만으로도 제가 죄인이라고 인정해 버리는 셈이니까요.」

비록 제이워드의 곁에 계속 남을 수 없다 하여도 배신자의 오명을 뒤집어쓰고 떠나기는 싫었다.

「무엇보다, 제가 제국 출신이라는 게 언젠가 그의 발목을 잡을 거라 예상했답니다. 앞으로의 전쟁은 더욱 격렬해질 거에요. 그렇다면 지금이 그의 곁을 떠나기에 최적이에요.」

사실 그녀의 본심은 어떻게든 제이워드의 옆에 머무르고 싶었다. 그러나 자신을 여성으로 봐주지 않는 이상, 게다가 폐가 될 수 있다는 것까지 인식한 지금 남아 있을 이유는 존재하지 않았다.

「어차피 제가 없어도 그를 도와줄 다른 동료들이 있으니 별 문제 없을 거예요. 데릭 경의 몸 상태가 걱정되긴 하지만, 그건 제가 어떻게 할 수 없는 문제죠.」

「…….」

「프레드릭, 부탁이 있어요.」

처음에는 서로 살벌한 관계였지만, 제이워드라는 공통점 덕분에 둘은 차츰 친해지기 시작했다. 고아 출신의 프레드릭은 그녀를 마치 친누나처럼 여겼고, 제이워드와 다른 의미로 비슷했던 그를 엘레노어는 동생처럼 받아들였다.

「저 대신 제이워드와 함께 있어줘요. 전 더 이상 그의 곁에 있을 수 없지만, 당신이라면 제 몫까지 대신해서 그를 도와주기에 충분할 거예요.」

프레드릭은 고개를 끄덕거렸다. 굳이 엘레노어가 부탁하지 않아도 그렇게 할 작정이었기에.

「그렇다면 저 역시 엘레노어님께 부탁을 드려도 되겠습니까?」

「어머, 당신이 부탁이라는 말을 꺼내다니, 의외인데요?」

비단 엘레노어뿐만이 아니라 그 누구에게 뭔가 부탁하는 모습을 보인 적이 없었기에 지금의 프레드릭이 꺼낸 말은 신선하게 느껴지기까지 했다.

「그 비법을 가르쳐 주시길 바랍니다.」

「프레드릭, 진심으로 하는 말인가요?」

순간 엘레노어의 표정이 싸늘하게 변해 버렸다. 그녀는 제이워드에게도 구체적으로 말하지 않았던 그 이야기를 프레드릭에게 왜 털어놓았는지 내심 후회했다.

「지난번 가르쳐 주신 내용대로라면, 전 빨리 극에 도달한 만큼 쇠퇴 역시 급속도로 진행될 것이 분명합니다. 제가 언젠가 제이워드의 짐이 되어버린다면 택할 방법은 그것밖에 없습니다.」

2

"……."

꿈에서 깨어난 프레드릭은 덮고 있던 모포를 걷어내고 마차 밖으로 나왔다. 어두운 하늘 위에 높이 솟아오른 달이 은은한 빛으로 주변을 밝혀주었다.

"벌써 깼어?"

모닥불을 지피며 불침번을 서던 레이지는 손짓으로 프레드릭을 불렀다.

"경계할 필요 없어. 내가 다 확인했으니까."

콜드란세의 빠른 속도를 레스톤의 추격자들이 따라오기엔 무리였다. 그러나 프레드릭은 자신의 입장상 콜드란세 밖으로 나오기를 꺼려했다. 결국 우거진 수풀이 둘러싸인 길 한복

판이 아니면 나오기 힘들었다.

"제이워드… 아니, 레이지."

"나와 단둘일 땐 그냥 제이워드라고 불러. 단, 남들 앞에선 조심해."

"그래, 제이워드. 피곤하진 않아?"

어디까지나 프레드릭이 기억하는 제이워드는 순수한 마법 사였기에 육체적으로 고될 수밖에 없는 불침번을 과연 그가 버틸는지 의심되었다.

"예전처럼 골골대지 않으니 걱정할 필요 없어. 오러까지 익힌 몸인데, 뭘. 네 앞에서 거들먹거릴 수준은 결코 아니지 만, 랭크 3이나 되었으니 이 정도는 버텨야지."

"아마 넌 조만간 랭크 4에 도달할 거야. 놀라울 정도로 빠른 속도라서 걱정돼."

"그 이야기대로라면……."

레이지는 며칠 전 프레드릭이 했던 이야기를 떠올렸다.

"살기가 서린 오러에 강력한 타격을 입으면, 본능적으로 그걸 막아내기 위해 육체가 스스로의 오러 능력을 급격히 끌어올리는 경우가 있습니다. 유독 전쟁 중에 높은 랭크의 오러 유저가 등장 하는 이유가 바로 그것이지요."

예전 크루제이커에게 오러 수련을 받을 때에 타인의 오러에 충격을 받고 버팀으로써 자신의 오러를 단련하는 방식이 있다고 들었다. 실제로 레이지는 그 방식으로 랭크 3에 도달했다.

하지만 가르치는 입장에서 크루제이커가 발산한 오러는 어디까지나 강렬한 살기를 지니기 힘들다. 말 그대로 상대를 진짜 죽이고자 하는 의지가 담긴 오러에 타격되지 않으면 의미가 없다.

그러나 장점의 이면에는 단점이 반드시 존재하는 법이다.

"단, 이렇게 해서 급속도로 성장한 오러 유저의 랭크는 지속적인 자극이 없는 이상 빠른 속도로 감퇴하게 마련입니다. 저 역시 그 경우에 속합니다."

곧 있으면 다음 랭크로 올라설 수 있다고 기대에 부풀어 있던 오를레앙의 얼굴은 그의 추가 설명을 듣고 심각한 표정으로 바뀌었다.

"그 이야기, 엘레노어로부터 들었다고 했지?"

"엘레노어님이 예전 크루디아 제국 황실 소속의 마법사로 일할 때, 마나 그 자체에 대한 연구를 스승과 같이 했다고 말하셨어. 그 지식의 근간은 막상 제국이 아닌 다른 곳에서 입수한 거라고 했지만······."

일반적으로 랭크 5의 소드 마스터가 되는 나이는 최대한
일찍 오러를 익혔다는 가정하에 30대나 40대에 달성하는 게
보통이다. 그러나 서로 살기 어린 오러를 주고받으며 혈투를
벌여야 하는 전쟁 속에선 프레드릭처럼 고작 30대에 그랜드
마스터가 되는 경우가 발생하곤 한다.

"적으로 돌아선 베른이 나의 오러를 성장시켜 주었다니,
참 역설적이로군."

베른이라는 이름에 프레드릭의 얼굴에 그림자가 내려앉았
다.

"오러에 있어서 가장 훌륭한 스승은 바로 적이라는 말이
있어. 그렇다 해도 베른 경이 적으로 나타날 줄이야······. 힘
든 상대야."

"그건 나도 잘 알고 있어. 뼈저리게 느꼈지."

레이지는 자조적인 웃음을 지으며 모닥불 안으로 장작을
집어 넣었다. 불길이 위로 화르륵 솟구쳤다가 도로 원래 크기
로 가라앉았다.

"난 아직도 솔직히 믿어지지 않아. 다른 사람도 아니고 왜
나르디안 경이 그런 일을 저질렀는지······."

"내가 레이지로 되살아난 것보다 훨씬 설득력 있을 텐데?"

레이지의 반문에 프레드릭은 아무런 대답도 하지 못하고

하늘을 향해 고개를 들었다.

"그토록 제국을 쓰러뜨리기 위해 싸웠던 나르디안 경이 막상 제국의 잔당들을 이끌고 뭔가 저지르려고 하다니. 제이워드, 뭔가 짐작 가는 건 없어?"

"전쟁이 끝난 이후, 죽기 전까지의 난 홀로 연구에 몰두해서 주변 상황은 잘 몰랐지. 그것이 내 실책이었어."

지금은 달랐다.

레이지는 오를레앙과 함께 이곳저곳을 돌아다닐 때마다 현재 동향이 어떻게 돌아가는지 구체적으로 파악하고 기억해 두었다.

"아마도 몇 년 전에 있었던 그 사건 때문이 아닐까 싶어."

"그 사건?"

"그녀의 아버지와 일가가 반역죄로 몰려 처형된 그 사건."

"아아, 그것 말이로군."

결국 나르디안 본인은 모함에서 벗어났지만, 대신 일족 자체가 사라지는 비극을 겪었다. 전쟁의 영웅은 새로 도래한 평화와 공존할 수 없다는 진리를 입증시켜 준 불행한 사건이었다.

"그렇다고 쳐도 제국의 잔당들과 손을 잡을 필요까진 없다고 봐. 절망에 빠진 나르디안을 꼬드길 만한 뭔가가 있었음이 분명해."

그것에 대해서도 파악하고 싶었지만, 지금의 레이지는 원래의 힘을 되찾고 예전 동료들을 모으기에도 벅찬 상황이다.

어차피 적으로 돌아선 이들을 회유할 생각은 없었다. 맞서 싸워야 하는 대상이 늘어난 것에 불과했다.

"널 위해 싸우겠다는 결심에는 예전이나 지금이나 변함이 없어. 단지 예전의 동료들을 향해 검을 거눠야 하는 지금의 상황을 받아들이기 힘들 뿐이야."

"너에게 무거운 짐을 지운 거 같아서 미안하군."

그 말을 끝으로 둘 사이의 대화는 중단되었다. 무거운 분위기가 지속되는 가운데 유달리 달이 빛나고 있었다.

3

케인즈의 집무실 안은 여송연의 연기로 가득 찼다.

그의 입에는 반쯤 타들어간 여송연이 물려 있었고, 옆의 재떨이에는 수십여 개의 꽁초가 수북하게 쌓여 있었다. 원인은 케인즈의 오른손에 들려 있는 한 장의 편지지 때문이었다. 5일 전에 도착한, 레이지가 보낸 편지였다.

곧 귀한 손님과 함께 돌아가겠습니다.

달장 한 문장.

언제 온다는 말 따윈 없었다. 게다가 이제까지 어떤 일이
있었는지에 대해서는 단 한 마디도 적혀 있지 않았다. 편지
봉투를 뜯을 때의 기대감은 온데간데없었고 짜증만이 확 일
어났다.

그럼에도 케인즈는 불성실한 내용의 편지를 계속 읽고 또
읽었다. 덕분에 수십 차례 접히고 펼쳐진 탓에 편지지는 너덜
너덜하게 변해 버렸다.

그는 왼손으로 책상 위를 톡톡 두들기며 레이지가 올 날만
을 기다렸다. 어차피 귀한 손님이 누구인지에 대해서는 짐작
조차 할 수 없어서 신경 쓰지 않기로 했다. 중요한 건 레이지
가 돌아온다는 사실 하나뿐이었다.

똑똑.

"들어와라."

문이 열리면서 방 안에 자욱하게 깔린 담배 연기가 문틈으
로 확 빠져나갔다. 하녀 크레아는 입을 가리더니 연달아 기침
을 하며 계속 복도에 머물렀다.

"아, 미안하네. 그런데 무슨 일이지?"

크레아는 눈물까지 글썽거리더니 아예 문을 활짝 열었다.
기침이 잦아든 후에야 그녀는 비로소 입을 열 수 있었다.

"그 녀석이 돌아오기라도 한 거냐?"

"네, 레이지 도련님이 오셨답니다."

"오! 드디어 왔구나!"

"그런데 혼자 오신 게 아니라……."

케인즈는 기쁜 나머지 크레아의 말을 마저 들을 겨를이 없었다. 그는 책상을 박차고 일어나자 재떨이가 카펫 위로 쏟아지며 꽁초들과 담뱃재가 바닥에 마구 흩뜨러졌다. 크레아는 청소 거리가 늘어났음에 지끈거리는 이마를 감싸 쥐었다.

*   *   *

"아들아!"

부리나케 계단을 뛰어내려 간 케인즈는 복도를 지나 저택 정문을 열고 대문을 향해 달려갔다. 레이지를 맞이하기 위해 마중나온 하녀들의 인사를 거들떠보지도 않고 돌진한 케인즈의 걸음은 콜드란세 앞에서 멈추었다.

"어?"

호화찬란한 외양 때문이 아니었다.

대륙 전쟁에 참전했던 당시 봤던 한 나라의 표식이 마차 정면에 떡하니 자리 잡고 있어서였다. 케인즈는 두 눈을 비비고 다시 한 번 정교하고 아름답게 구현된 문양을 살펴봤다.

"바, 발렌시아 왕국? 설마 그 녀석이 말한 귀한 분이……."

설마 왕족이었다니.

케인즈는 현기증이 도는 걸 억지로 참으며 몸을 추스렸다. 진짜 귀한 분이 오실 줄 알았다면 저택 구석구석까지 청소를 시키고 왕족의 입맛에 맞는 진미를 미리 준비시켜야 했다.

'어, 어떻게 하지? 지금이라도 포르테가에 부탁해서 하녀들을 공수해 와야 하나? 헬렌의 요리는 다른 귀족들도 칭찬할 정도지만 왕족의 입맛에는 맞을까? 아, 아니 그것보단 술은 충분했던가? 다른 나라도 아닌 발렌시아 왕족을 섣부르게 대접했다간 외교적 문제로까지 발전할 텐데! 페리슨이 밖에 나간 지금 하필!'

그는 머리를 감싸쥐며 같은 고민만 반복하고 있었다.

"아버님, 여기입니다. 어딜 보시는 겁니까?"

케인즈는 두 눈을 번쩍 뜨더니 익숙한 목소리가 들린 방향으로 부리나케 달려갔다. 그토록 보고 싶었던 아들이 나타났건만 갑작스런 왕족 마차의 출현에 케인즈는 정신이 하나도 없었다.

"아버님, 섭섭합니다. 오래간만에 돌아온 아들에게 잘 돌아왔다는 말 한마디 안하시다니……."

"아니, 지금 그게 말이지……. 그런데 레이지! 머리 꼬라지가 그게 뭐냐?"

"안 어울립니까?"

원래의 금발이 아닌 검은색으로 바뀌어 버린 머리칼에 케인즈는 아연실색했다. 하지만 지금 중요한 건 그게 아니었다.

"아, 아, 아들아! 도대체 너 어떤 분을 모시고 온 거냐! 이 마차는 발렌시아 왕가의 것이 아니더냐!"

"네, 역시 단번에 알아보시는군요."

둘의 대화를 듣던 하녀들은 일순간 표정이 굳어지더니 일제히 허리를 90도 각도로 숙였다. 발렌시아 왕가의 문장을 알 리 없는 그녀들은 레이지가 여행 도중 알게 된 귀족가의 친구를 데려온 정도로만 알고 있었다.

"서, 설마 발렌시아 왕국의 현 왕이신 줄리앙 폐하를 데리고 온 건 아니겠지?"

"에이, 말도 안 되지 않습니까? 제가 어떻게 그런 분을 데려옵니까? 대신 왕태자님을 데리고 왔습니다."

"휴, 그나마 다행이로구나. 왕이 아닌…… 방금 너 뭐라고 했느냐?"

"발렌시아 왕국의 왕위 계승 1순위이신, 오를레앙 줄리앙 발렌시아 전하를 모셔왔다고 했습니다만?"

"아이고오……."

4

발렌시아의 왕자 오를레앙의 갑작스러운 방문에 평화롭던 크로이덴가는 발칵 뒤집혔다. 잔뜩 긴장한 하녀들은 오를레앙에게 차를 따르다가 그의 예복 위로 엎지르는 등의 실수를 연발하여 가주 케인즈의 애간장을 타게 만들었다.

다행히 볼일을 마치고 돌아온 집사 페리슨이 여유로운 태도로 오를레앙을 접대했고, 급히 불러온 포르테가의 하녀들이 도착해 저택 구석구석을 능숙하게 청소했다.

오를레앙의 입맛에 맞추기 위해 허겁지겁 시장을 들른 헬렌은 마차 한 대를 가득 싣는 분량의 식재료를 사가지고 와 부엌에서 맹렬히 요리 중이었다. 그밖에 포르테 가문에서 얻어온 최고급 와인을 조심스레 따라 오를레앙이 만끽하도록 제공했다.

귀빈실 안에는 손님인 오를레앙과 쉐스가 기다란 소파에 같이 앉아 있었고 그 뒤에 카트린느가 서 있었다. 탁자를 사이에 둔 맞은편에는 가주 케인즈와 반년 만에 돌아온 레이지가 앉아 있었다. 여유로운 레이지와 달리 케인즈는 오를레앙을 앞에 두고 불안을 감추지 못했다.

한때 길레터 왕국의 기사단장으로서 왕궁에 자주 들락거리던 그였지만, 한 나라의 왕자가 가문을 방문하는 건 처음이었다. 그것도 대륙 전쟁 이후 강대국 중 하나인 발렌시아 왕국의 왕자라 긴장감은 더해갔다.

'생각해 보면 오를레앙을 처음 보고도 자연스럽게 대했던 마리에타가 새삼 대단하게 느껴지는군. 나이가 어려서였을 수도 있지만.'

레이지는 안절부절못하는 케인즈를 보며 지금 이 자리에 없는 마리에타를 떠올렸다.

"흠흠, 그런데 말입니다."

"네?"

"아직 인사를 정식으로 못 드렸군요."

오를레앙은 자리에서 일어선 뒤 왼팔로 배를 감싸고 허리를 굽히며 인사했다. 케인즈 역시 자리에서 벌떡 일어났다.

"저는 찬란하고 위대한 발렌시아 왕국의 10대 왕이신 쥴리앙 조르디어스 발렌시아의 장남 오를레앙 쥴리앙 발렌시아라고 합니다."

"저, 저는……."

"가주이신 케인즈 A. 크로이덴님이시죠? 레이지님에게 말씀 많이 들었습니다. 무려 부자가 소드 마스터인 크로이덴 가문을 방문하게 되어서 영광입니다."

"천만의 말씀입니다!"

자신을 낮추려다가 돌연 목소리를 높여 버린 케인즈는 부끄러운 나머지 고개를 숙이고 소파에 털썩 앉아버렸다.

"자자, 편하게 대해주십시오. 제가 왕자의 신분만 아니었다면 아드님이신 레이지님의 친구 아닙니까? 무작정 들이닥친 것만해도 죄송스러운데 계속 긴장하시면 곤란할 따름입니다."

"아, 알겠습니다. 사실 전하가 여기까지 오셨음에도 전 그어떤 통보도 듣지 못해서 많이 당황했답니다."

"사정이 있어서 신분을 숨기고 입국해야 했습니다. 양해 부탁드립니다."

이전 다른 왕국을 돌아다닐 때와 달리 길레터 왕국에 들어서지 직전, 콜드란세에 마법을 걸어 발렌시아 왕국 문양을 모조리 숨겼다. 이는 레이지의 제안이었다.

이제야 평정심을 찾은 케인즈는 흐트러진 머리를 매만지며 주변을 살폈다. 들르는 손님이 없어도 하루에 한 번씩 빠지지 않고 청소하도록 시킨 보람이 느껴졌다.

그때 문밖에서 노크 소리가 들렸다. 차를 따르던 페리슨은 문을 살짝 열어 누가 왔는지 확인했다.

"펠튼님과 크루제이커님, 그리고 케이지 도련님께서 오셨습니다."

"오, 늦지 않아서 다행이군. 어서들 오게."

포르테가의 저택에 크루제이커가 머물고 있다는 이야기를 들은 레이지는 그와 펠튼을 불러달라고 요청했다. 그리고 형 케이지도 함께 자리에 참석하도록 부탁했다.

"펠튼님, 오래간만입니다."

"내가 준 그건 잘 쓰고 있나?"

"덕분에 많은 도움이 되었습니다."

레이지는 허리에 차고 있는 베이그란트의 서를 툭툭 건드리며 대답했다.

"레이지, 다음부터는 한 달에 한 번이라도 집으로 편지를 보내도록 해라. 아버님께서 네 소식을 기다리면서 안절부절못하시더구나."

"명심하겠습니다, 형님."

"그래도 무사히 돌아온 걸 보니 다행이다. 잘 돌아왔다, 레이지."

레이지는 펠튼과 케이지에게 번갈아 안부를 건넸다.

그와 반대로 오를레앙은 부들부들 떠는 손으로 찻잔을 들고 있었다. 워낙 심하게 흔들려서 테이블보 위에 찻물이 흥건하게 흘러내렸다.

"서, 서, 설마 크루제이커님이라면……."

"으핫핫핫! 레이지, 그동안 잘 지냈나?"

크루제이커 특유의 호탕한 웃음소리가 울려 퍼지자 오를레앙의 얼굴은 사색이 되어버렸다. 그토록 잊고 싶었고 실제로 기억 속에서 완전히 지워 버렸던 과거의 악몽이 스물스물 피어올랐다.

"흐음? 왠지 낯이 익은데?"

"오오오래간만입니다."

"어…… 잠시만. 흐음, 아! 내 수행을 버티지 못하고 줄행랑쳤던 왕자님이시구먼!"

마치 태양을 옮겨다 놓은 것처럼 강렬한 빛을 발하는 대머리, 미소를 지을 때마다 입술 사이로 드러나는 반짝이는 이빨, 그리고 울퉁불퉁 튀어나온 근육과 힘줄들을 보면 볼수록 오를레앙의 공포는 가라앉기는커녕 커져만 갔다.

크루제이커를 대변하는 상징들이 하나둘씩 오를레앙을 스쳐 지나갈수록 눈동자의 초점이 흐려졌다. 크루제이커는 오를레앙의 눈앞에 손을 휘휘 저었지만 아무런 반응도 없었다.

"크루제이커! 무례한 행동은 그만둬!"

"왜 그래? 왕자이기 이전에 난 오를레앙 전하와 사제지간이었다고. 한 달도 안 되는 짧은 기간에 불과했지만."

"그래? 네가 편지로 종종 언급하던 그 근성 없는……."

케인즈는 황급히 입을 다물며 하던 말을 끊었다. 그리고 조심스럽게 오를레앙의 눈치를 살폈다. 다행인지 불행인지 오를레앙은 아무것도 들리지 않았고 보이지 않았다.

크루제이커는 새로운 얼굴들을 하나씩 뜯어보더니 입술을 모으며 감탄했다. 나이에 비해 모두 한가락 하는 실력을 지녔다는 걸 파악했기 때문이다. 특히 레이지를 바라보는 눈빛은 남달랐다.

"얼씨구? 레이지 이 녀석, 곧 랭크 4가 되겠는데? 언제 어디서 이만큼 실력을 키운 거냐? 나와 헤어진 지 얼마나 되었다고?"

크루제이커는 레이지의 성장을 단숨에 알아챘다. 레이지는 가볍게 웃을 뿐이었다.

"어이, 그런데 말이다. 레이지, 네 녀석이 데리고 오신다는 귀한 분이 오를레앙 전하였냐?"

"전하 앞에서 이런 말하긴 뭐하지만, 전하와 비교도 할 수 없는 귀한 분입니다."

"머플러로 얼굴을 둘둘 감고 복도 벽에 기대어 있는 남자 말이냐? 뭔가 확실히 숨기고 있는 느낌을 받긴 했다만……."

그것말고도 어디선가 본 듯한 느낌을 지울 수 없었다.

레이지는 오를레앙의 상태를 다시 한 번 확인하더니, 그 대신 자신이 이야기를 꺼내기로 결정했다.

"아버님, 형님, 그리고 이 자리에 계신 분들께 먼저 당부해 드릴 게 있습니다."

"말해봐라."

"앞으로 이 자리에서 보고 들은 내용에 대해 절대 함구해 주실 것을 부탁드립니다. 아니, 약속해 주십시오."

레이지의 진지한 표정에 뭔가 뒤죽박죽이던 분위기가 일

순간에 정리되었다. 페리슨은 자신이 낄 자리가 아니라는 걸 직감하고 조용히 방 밖으로 물러나려고 했다.

"물러나실 필요 없습니다."

예전의 가벼운 어조가 아닌 정중한 존댓말이 레이지의 입에서 나오자 페리슨은 안경테를 고쳐 잡으며 문 앞에서 멈춰 섰다.

"펠튼님은 이미 알고 계신 내용입니다."

"혹시 그거냐?"

"네."

"허허, 남에게 절대 알리지 말라고 나보고 신신당부했거늘 스스로 밝히려고?"

다분히 우려가 섞인 펠튼의 말에 다른 이들의 호기심은 커져만 갔다. 자연스럽게 모두의 시선은 레이지 한 명에게 집중되었다.

"제가 왜 오러를 익히면서 동시에 마법에도 탁월한 재능을 지녔는지 비로소 알게 되었습니다. 펠튼님이 처음에 언급하셨을 때 반신반의했지만, 그동안 여러 곳을 돌아다니고 많은 사람들과 만난 결과 한 가지 결론에 도달했습니다."

레이지는 탁자 위에 올려놓은 왼손을 살짝 펼치더니 강하게 움켜쥐었다.

"저에겐 숨겨진 스승이 있었습니다."

"그게 누구냐?"

케인즈는 그게 뭐 대수롭냐는 투로 물어봤다. 아들의 입에서 뒤이어 나올 대답이 얼마나 충격적인 사실일 거라 예측하지 못하고.

5

무사히 길레터 왕국에 들어온 일행은 국경선을 지나 크로이덴가의 저택으로 향하는 중이었다. 콜드란세의 속도를 감안하면 도착 예정 시각은 적어도 정오 이전이었다.

"그러니까 레이지님이 제이워드 본인이 아니라, 제이워드의 숨겨진 제자라고 입을 맞춰달라는 말입니까?"

오를레앙은 이해할 수 없다는 듯 고개를 가로저었다.

"저희들에게 밝힌 것처럼 그냥 제이워드라고 말하는 게 편하지 않습니까? 그렇다면 크로이덴가의 도움도 더 쉽게 얻을 수 있다고 생각됩니다만."

"그건 너무 단순한 추측에 불과합니다."

이번엔 레이지 쪽이 고개를 가로저으며 부정했다.

"제가 의도했든, 의도하지 않았든 간에 원래 레이지라는 소년의 육체를 대신 차지한 것은 명백한 사실입니다."

그 이야기는 원래의 레이지는 영영 다시 돌아올 수 없다는 걸 의미한다.

"그런 상태에서 제가 만일 진짜 레이지가 아닌 제이워드라는 사실이 가족들에게 밝혀진다면 어떻게 될 거라 생각하십니까?"

"흐음……."

"첫 번째 경우는, 제 말 자체를 믿지 않고 정신병자 취급을 할 것입니다."

서클 0의 마법으로 새 육체를 얻을 수 있었지만, 그 마법의 존재 자체를 아는 이들은 극소수다. 길레터 왕국의 대마법사라 자칭하는 펠튼조차도 서클 0에 대해 몰랐기에, 과거 제이워드만이 구사했던 트리플 캐스팅을 레이지가 어려움없이 쓰는 걸 보고도 제이워드의 제자라고 단정 지었다. 절대 제이워드 본인일 거라는 생각까지 이어지지 못하고.

"두 번째는… 그 사실을 받아들임과 동시에 제가 더 이상 존재하는 걸 용납하려 들지 않을 것입니다. 저의 적으로 돌아설 수도 있고, 어쩌면 절 죽이려 들지도 모르지요. 그들이 원하는 건 진짜 레이지이지 지금의 제가 절대 아닙니다."

레이지의 아버지 케인즈가 원한 건 '진짜' 레이지가 개과천선하는 것이지, '가짜' 레이지가 대신하기를 바라지는 않았다. 계속 망나니짓을 하더라도 진짜 레이지가 살아 있기를 바라지, 대마법사 제이워드가 대신 차지하기를 바랄 리가 없다. 가족, 그리고 부모라는 존재는 그럴 수밖에 없기에.

"저의 옛 동료, 혹은 그 동료들과 직접 관계된 자들 외에 제
정체를 밝힌 이는 마리에타가 유일합니다. 그마나 그게 가능
했던 이유는 그녀가 원래 레이지의 가족이 아니었기 때문이
죠."

"확실히… 그렇군요. 이제까지 자신의 자식이나 부인 혹은
연인이라 믿어왔던 이가 순식간에 완전히 다른 인물이라는
걸 알게 되면 받아들이기가 힘들죠."

"그마나 가족이 아니었기에 어떻게든 해결된 것입니다. 혹
시라도 예전의 레이지와 사랑하는 사이였다면 오히려 악화되
었겠죠."

어떻게 해서든 원래의 레이지를 돌려달라고 발악했을 것
이다. 그게 절대 불가능하다는 걸 알게 될 경우, 가짜가 존재
할 바엔 차라리 없어지는 게 낫다는 판단으로 이어진다.

"프레드릭, 만약에 말이야, 원래 제이워드의 육체에서 내
영혼이 빠져나가고 다른 누군가의 영혼이 정착했다면 넌 그
제이워드를 '제이워드'라고 인정하겠어?"

레이지의 질문에 프레드릭은 조금의 망설임도 없이 고개
를 가로저었다.

"그렇지. 지금의 내 육체는 제이워드가 아니지만, 영혼만
은 제이워드이니 받아들인 거잖아. 안 그래?"

"맞아."

프레드릭의 대답은 더 이상의 반론을 허락하지 않았다.

레이지가 스스로 자신이 제이워드임을 밝힌 이들은 세 가지 사항 중 최소한 하나에는 해당되었다.

첫 번째는, 제이워드와 직접 관련된 예전 동료들이 해당한다. 두 번째로는 그 예전 동료들의 자식이나 제자들이 포함되며 마지막으로는 첫 번째와 두 번째에 해당하는 이들을 따르고 배신하지 않을 자들이다.

아쉽게도 레이지의 가족들은 전부 해당하지 않았다.

"그래서 내린 결론은 이겁니다. 전 절대 제이워드 본인이 아니라⋯⋯."

*　　*　　*

"레이지, 너 진심으로 하는 말이냐?"

케인즈는 차남의 안색을 살피며 우려 섞인 질문을 던졌다. 혹시 3개월 동안 의식을 잃고 쓰러져 있던 후유증이 지금 와서 나타났는지 심히 걱정되었다.

케이나 크루제이커 역시 케인즈와 별 다르지 않는 반응을 보였다. 특히 크루제이커는 오른손 검지를 관자놀이에 대고 빙빙 돌리면서 '저놈, 나에게 강도 높은 수련을 받더니 미친 건가? 라는 시늉까지 했다.

"펠튼님은 역시 눈치가 빠르시더군요."

오직 펠튼만이 고개를 끄덕이며 수긍했다.

"펠튼님, 아무리 그래도 그렇지 레이지가 대마법사 제이워드의 숨겨진 제자라니요. 말이 안 되지 않습니까?"

"말이 된다네. 내 가문의 이름을 걸고 장담하지. 레이지는 그분의 숨겨진, 그리고 진정한 제자임이 틀림없어."

"혹시 요즘 뭔가 까먹으신다든지, 헛것을 보신다든지 하지는 않습니까?"

"땍끼! 날 노망난 늙은이로 몰지 말게나!"

펠튼이 고성을 지르며 케인즈를 윽박질렀다.

덕분에 방 안에 침묵이 감돌았다. 그 누구도 쉽사리 입을 열 시도조차 못했다. 그렇다고 레이지가 한 말을 믿는 이들은 오를레앙 일행과 펠튼 외엔 없었다.

"그래서 모두가 믿을 수 있는 증인을 한 분 뫼셔왔습니다."

레이지는 자리에서 일어서더니 문을 열었다. 그러자 밖에서 기다리고 있던 남자가 방 안으로 들어왔다.

레이지는 손수 그 남자가 두르고 있던 머플러의 끝을 잡고 풀렀다. 케인즈와 펠튼은 고개를 갸우뚱거리며 그 남자의 얼굴을 빤히 바라보았다.

"왠지 낯이 익은데… 어디서 봤더라?"

"그러게 말일세. 어렴풋이나마 본 기억이 들어. 어디더라? 직접 본 것 같지는 않고……."

그들과 달리 크루제이커는 레이지가 데리고 온 남자의 얼굴에 시선을 고정시키고 멍하니 바라만 봤다.

"크루제이커, 자네 어디 아픈가?"

"지, 지금 내가 꿈을 꾸고 있는 건 아니겠지?"

오러 유저인 크루제이커의 꿈이자 동시에 목적지가 바로 눈앞에 나타났다는 걸 믿을 수 없었다. 그는 몇 번이나 눈을 비비고 다시 살펴봤지만, 예전 전쟁터에서 봤던 얼굴과 똑같았다. 자신의 부족함을 꾸짖었던 제이워드의 옆에 있었던 그가 분명했다.

"프레드릭 경! 검제(劍帝) 프레드릭 경 아니십니까?"

"헉!"

케인즈는 놀란 나머지 온몸에 힘이 빠지면서 소파 아래로 미끄러졌다.

펠튼은 귀빈석 한쪽 구석에 걸려 있던 그림으로 후다닥 달려갔다. 대륙 전쟁 시절 제국과 맞서 싸우던 다섯 명의 영웅들 중 정가운데에 자리 잡고 있는 제이워드의 왼쪽 인물과 프레드릭의 얼굴을 비교했다.

"레, 레이지! 진짜로 이, 이분이 프레드릭 경이 맞으시냐?"

얼이 빠진 케인즈는 레이지를 붙들고 마구 흔들었다. 레이지는 대답 대신 아직도 멍하니 앉아만 있는 오를레앙의 어깨를 붙들었다.

"정신 차리셨습니까?"

"아, 아? 난 누구? 여긴 어디?"

"설명 좀 해주십시오. 다들 정신이 없어서 제 설명만으로는 부족할 거 같아서 말입니다."

"아! 그랬죠."

뒤늦게 정신을 차린 오를레앙은 프레드릭의 옆으로 걸어갔다. 그리고 헛기침을 몇 번 한 뒤 입을 열었다.

"저의 아버님이시자 현 발렌시아의 왕이신 쥴리앙 폐하께선 대륙 전쟁 시절, 제이워드님과 함께 전장에 직접 뛰어드신 적이 있습니다. 그분이 왕위를 물려받기 위해 본국으로 돌아가실 때, 프레드릭 경을 제이워드님께 소개시켜 드렸습니다."

"그렇다는 이야기는!"

"폐하로부터 직접 인증을 받았습니다. 이분은 분명히, 대마법사 제이워드와 함께 전장을 호령했던 다섯 영웅 중 한 명 프레드릭 A. 테일런님이 맞습니다."

그가 프레드릭이라는 걸 이미 알고 있던 이들을 제외하고 모두의 입이 떡하니 벌어졌다. 크루제이커는 파도처럼 밀려오는 감동을 주체하지 못하고 돌연 프레드릭을 향해 달려들었다. 그리고 오를레앙을 밀쳐 내더니 프레드릭의 두 손을 꽉 붙들었다.

"프, 프, 프레드릭 겨엉!"

크루제이커는 울먹이면서 프레드릭의 이름을 목놓아 불렀다.

"꿈만 같습니다! 오러에 관해서는 그 누구도 능가할 수 없었고 그 누구에게도 지지 않았던 당신을 가까이에서 볼 수 있다니……. 전 지금 죽어도 여한이 없습니다!"

'오를레앙과 똑같은 반응이잖아? 오러 유저들에겐 그렇게 저 녀석이 대단한 건가?

레이지는 이해할 수 없다는 표정으로 크루제이커를 바라보았다. 이 상황에서 만일 자신이 제이워드의 제자가 아니라 진짜 제이워드라는 것까지 밝힌다면 혹시라도 기절하지 않을까 하는 상상까지 이어졌다.

"프레드릭 경, 제 아들의 말이 사실입니까?"

케인즈는 애써 침착함을 유지하며 조심스레 입을 열었다. 그 역시 오러 유저인지라 크루제이커처럼 행동하고 싶었지만 두 아들이 보고 있는 입장인지라 꾹 참아야 했다.

"네. 제이워드에게 직접 배우지 않으면 시도조차 불가능한 트리플 캐스팅을 제외하더라도, 제이워드 본인에게 듣지 않으면 절대 알 리 없는 사실까지도 아드님을 통해 들었습니다.

레이지님은 분명히 제이워드의 제자가 확실합니다."

"내 아들이… 레이지가 대마법사의 제자였다니! 이렇게 기쁠 수가!"

혹시라도 레이지가 오러 유저가 아닌 매직 유저의 길로 빠져 들까 내심 걱정하는 마음 따위 휑하니 사라졌다. 심심풀이로 마법을 배운 게 아니라, 최강의 마법사에게 정식으로 배웠다면 이야기가 확 달라지기에.

"아! 그리고 보니!"

신나게 프레드릭의 손을 붙들고 있던 크루제이커는 뭔가 떠올리더니 레이지에게 달려갔다.

"이 녀석! 네가 그분의 제자였다는 걸 왜 이제야 밝히는 거냐! 그분에 대해서 듣고 싶은 이야기가 한두 가지가 아닌데!"

"이렇게 확실한 증인이 없는 이상, 저 혼자 주장해 봤자 미친놈 소리밖에 더 듣겠습니까? 아까 손가락을 빙빙 돌리던 사람은 누구였죠?"

"그, 그건 정말로 미안했다."

"그리고 당시엔 그분에 대한 기억이 희미하게 남아 선명하게 떠오르지 않았습니다. 그분과 인연이 있던 분들을 하나둘씩 만나면서 많은 걸 기억해 낼 수 있었지요."

프레드릭의 등장에 귀빈실은 완전히 아수라장이 되어버렸다. 크루제이커는 여전히 눈물을 글썽이며 프레드릭을 뜨거운 눈빛으로 바라보고 있었고, 엉겁결에 밀쳐 났던 오를레앙은 또 다시 '난 누구? 여긴 어디?'만을 반복하고 있었다. 카트린느는 입장상 나서지 못하고 가만히 서 있기만 했다. 쉐스는 남의 일마냥 마법서를 펼쳐 들고 독서에 열중한 지 오래였다.

'아무래도 이대로라면 프레드릭을 환영하는 파티 분위기밖에 안 나겠어. 본론으로 직접 들어갈 때야.'

레이지는 오를레앙을 부축해 원래 자리에 앉혔다. 그리고 프레드릭의 왼쪽에 섰다.

"분위기를 깨는 말일지도 모르지만, 아마도 프레드릭 경에 대한 소문이 여기까지 퍼졌으리라 생각됩니다. 설마 그것들을 다 믿는 건 아니겠죠?"

그 말에 케인즈와 케이지는 눈을 가늘게 뜨며 프레드릭을 바라보았다. 워낙 유명한 프레드릭의 일인지라 멀리 떨어진 길레터 왕국까지 관련된 소문이 퍼진 지 오래였다.

"나의 프레드릭 경은 그렇지 않아!"

"……"

대뜸 크루제이커가 그의 무죄를 애절한 목소리로 호소했다. 프레드릭은 그저 쓴웃음을 지을 수밖에 없었다.

"사람이란 완벽하지 않지. 검제 프레드릭 경이라 하여도 실수는 저지를 수 있다고 생각했다. 하지만 한꺼번에, 그것도 각각 따져 보면 뭔가 작은 건수들로만 이루어져 있다는 게 마음에 걸렸지."

"그것보단 '나의 프레드릭 경'이란 부분에 대해서는 아무도 이의를 제시하지 않는 겁니까?"

"난 저놈 포기했다."

크루제이커의 호들갑 덕분일까.

케인즈는 냉정함을 되찾고 침착하게 원인을 분석하며 의견을 제시했다.

"아버님, 저도 그렇게 생각합니다. 프레드릭 경의 위치를 감안한다면 그 정도 소문이야 더 이상 퍼지지 못하도록 윗선에서 제지했을 것입니다. 하지만 그러한 움직임이 전혀 포착되지 않았습니다."

"절 믿어주시니 감사할 따름입니다."

어차피 그 소문을 믿든 안 믿든 간에 중요한 건 프레드릭이 이곳에 있음을 믿어준다는 점이다.

"아참! 내 손녀는 지금 어찌되었는가!"

"마리에타 양 말입니까?"

"그래! 크루제이커와 헤어지기 전까진 분명히 같이 있다고 들었네! 어떻게 된 일인가?"

펠튼은 이 자리에 있어야 할 마리에타를 뒤늦게 떠올렸다. 프레드릭의 등장 때문에 워낙 정신이 없었던 터라 이제야 소중한 손녀가 어디 있는지 추궁했다.

"최고의 스승을 붙여줬습니다."

"최고의 스승?"

"저의 스승과 유일하게 동등한 위치에 있는 그분께 말이죠."

"헉, 설마!"

이번에는 펠튼의 몸이 소파 아래로 주르륵 미끄러졌다.

"마리에타 양은 동쪽의 아크메이지, 엘레노어님의 제자로 들어갔습니다."

"지금 한 말이 사실이냐?"

"여기서 제가 거짓말을 해봤자 뭐가 득이 되겠습니까?"

펠튼은 탁자 위로 몸을 숙이더니 기쁨을 주체하지 못하고 부들부들 떨기 시작했다.

"마리에타가, 제이워드와 쌍벽을 이루는 그 여마법사의 제자가 되다니……. 허허허!"

막상 레이지의 뒤를 쫓아가도록 마리에타를 내보냈지만, 세상 경험 없는 손녀가 밖에서 어떤 고생을 하고 있을지 몰라 내심 걱정했다. 그 덕분에 아들과의 사이도 도로 나빠져서 전전긍긍하던 차였다.

하지만 아크메이지 엘레노어의 제자가 되었다면 이야기는 달라진다. 제이워드가 죽고 없는 지금, 공식적으로 최고의 마법사로부터 가르침을 받는다는 건 그 어떤 것을 주더라도 아깝지 않았다.

"혹시 엘레노어님은 따로 수제자를 두고 계시던가? 마리에타가 수제자라면 그 이상 기쁠 일이……."

"제 맞은편에 계신 분입니다."

시끌벅적한 분위기에도 아랑곳하지 않고 독서만 하던 쉐스는 책을 덮고 펠튼에게 인사를 했다.

"길레터의 대마법사 펠튼님을 뵙게 되어서 영광입니다. 저는 엘레노어님의 제자인 쉐스 S. 트리옴이라고 합니다."

"미들네임이 'S'? 현 베르시아 교단의 유일한 세이지, 쉐스가 자네였나! 그대가 엘레노어님의 수제자였다니 또 한 번 놀라는군!"

"미천한 제 이름을 기억해 주시니 감사할 따름입니다."

"허허, 순식간에 내가 초라해지는 기분이구려. 길레터 왕국 한정으로 대마법사라 큰소리치고 다니던 게 너무나 부끄러워."

대마법사 제이워드의 제자에, 유일한 아크메이지 엘레노어의 제자임과 동시에 세이지, 그리고 대륙 전쟁의 영웅 프레드릭까지 한 자리에 모일 줄이야.

유독 펠튼만 그런 기분을 느끼는 게 아니었다. 부자가 소드 마스터라는 자부심을 안고 살던 케인즈 역시 기가 죽어버렸다.

"레이지, 밖에 나간 동안 넌 정말로 대단한 분들만 만나고 다녔구나."

"그분의 제자라면 이 정도야 기본 아닙니까?"

레이지는 으쓱거리며 아무렇게 않게 케인즈의 말을 받아 넘겼다.

"자네, 엘레노어님께 부탁 하나만 드릴 수 없겠나?"

쉐스를 바라보는 펠튼의 눈빛은 프레드릭을 응시할 때의 크루제이커의 눈빛과 매우 흡사했다.

"지금의 난 길레터의 대마법사라 불리는 몸이지만, 아크메이지인 그분 앞에선 한없이 작아지는 존재에 불과하네. 비록 내 나이 70을 넘었지만 더 높은 곳을 위해 지금이라도 새 스승을 얻고 싶다네! 그러니……."

굳이 끝까지 이야기를 다 들을 필요가 없었다. 레이지의 입에서 피식하는 웃음소리가 절로 새어 나왔다.

"손녀와 똑같이 제자가 되고 싶으십니까?"

"제자면 어떠한가! 아크메이지만 될 수 있다면 그만이지! 나 펠튼, 아직 더 높은 곳으로 가고픈 꿈을 버리지 않았다네!"

레이지는 그녀 자신보다 서른 살이나 더 나이든 노인네를 붙들고 짜증을 내는 엘레노어를 떠올렸다. 서로 융화하기 힘든 성격의 두 남녀가 같은 자리에 있는 것도 나름 재미있을 거라 생각되었다.

하지만 지금은 또 다시 중단된 이야기를 진행해야 할 때였다.

"이야기가 좀 딴 곳으로 흘렀는데, 왜 제가 이분들을 데려 왔는지, 그리고 제가 왜 대마법사의 제자인지 밝혔는지를 지금부터 설명하도록 하겠습니다."

6

"마법이란 말이지……."

대리석 바닥을 걸어가는 엘레노어의 구두굽 소리가 또박 또박 이어졌다.

"체내의 마나를 응축시킨 뒤 주문과 결합해 특정한 현상으로 구현한 결과물이야. 이것에는 마나를 보다 빠르게 응축하는 경험과 복잡한 주문식을 정확하게 이해하는 두뇌가 요구되지."

엘레노어는 말을 마친 뒤 뒤를 돌아보았다.

지쳐 쓰러진 마리에타가 거친 숨을 몰아내쉬었다. 그녀의 맞은편에는 마리에타와 똑같이 생긴 마력인형이 서 있었다. 먼지 하나 묻지 않은 인형의 로브와는 달리 마리에타의 것은 찢겨 나가고, 불에 그을려 시커멓게 타들어갔고, 상처에서 흘러나온 피가 더덕더덕 달라붙어 있었다.

엘레노어는 허리 아래까지 풍성하게 자라난 머리카락을 어깨 뒤로 넘기며 코웃음을 쳤다. 그에 반해 마리에타의 마구 헝클어진 머리카락은 여전히 어깨를 넘지 못했다.

"넌 겨우 열일곱 살이라는 나이에 서클 5에 도달한 이상, 타인의 눈에 천재로 보였을 거야. 하지만 어디까지 그 타인들은 일반인들에 불과하지. 내 눈에 넌 조금 잘난 애송이에 불과해."

"으윽……."

마리에타는 분한 나머지 일어서려고 했지만 비틀거리더니 도로 넘어졌다. 대리석 바닥을 손톱으로 긁으면서 힘을 주었지만 손톱 끝만 갈라질 뿐이었다.

같이 엘레노어의 제자로 들어간 마리안느는 극히 정상적인 방식으로 마법을 습득하고 있었다. 마법서를 탐독하고, 나름대로의 해석과 스승 엘레노어의 조언을 받아들여 구현한 뒤 검토하는 방식으로 진행되었다.

하지만 마리에타의 경우 단순하면서도 이질적인 방법으로 수련해야 했다. 엘레노어의 마력으로 만들어진 마력인형을 상대하는 것뿐이었다.

그러나 마리에타는 자신과 똑같은 형상을 지닌 마력인형에 마법 한 번 제대로 명중시키지 못하고 쓰러지기만을 반복했다. 마리에타와 똑같은 서클 5의 마나를 지니고 있지만 마법 구현 능력 자체만큼은 엘레노어를 복사했기 때문에 지는 것이 당연했다.

그 마력인형을 상대로 마리에타가 엘레노어의 마탑에 머물며 마법 수련에 들어간 지 어느덧 한 달이 가까워졌다.

첫날은 마법을 구현하려고 룬 문자를 읊는 순간, 시야가 하얗게 변하면서 정신을 잃었다. 정신을 차렸을 땐 쓰러진 그녀를 내려다보는 엘레노어의 노골적인 비웃음을 받아야 했다.

"마나의 응축 과정과 주문식을 이해하는 과정에는 주변 환경이 크게 작용해. 특히 생사가 오가는 전쟁터라는 공간은 항상 극도의 긴장감과 공포를 필시 동반하게 마련이지. 그저 마탑 안에서 편안히 주문을 외우는 것과 지금이라도 당장 자신을 죽일 수 있는 공격을 시도해 오는 상대를 앞에 두고 쓰는 마법이 같을 거라고 생각해?"

엘레노어의 조언은 더 이상 그녀에게 잔소리 이상으로 들리지 않았다. 수십 번 넘게 같은 말만 반복한지라 귀에 못이 박힐 정도였다.

"아, 그애는 참 착실하던데? 너와 달리 그애는 차근히 다음 서클을 향해 전진 중이더라. 조만간 너와 똑같은 서클에 도달할 거야. 넌 계속 애송이로 남아 있는 거고."

"......"

어느새 마리안느를 부르는 호칭은 풋내기에서 '그애'로 바뀌었다. 그에 반해 마리에타는 여전히 애송이로 불리고 있었다. 마리에타는 자신보다 한 서클 낮은 마리안느에게 비교까지 당하자 눈물이 다 나올 정도였다.

"분해?"

마리에타는 대답 대신 옷 소매로 눈물을 훔쳤다. 적어도 엘레노어 앞에서만큼은 눈물 따위 보여주고 싶지 않았다.

"분하다면 실력을 키워. 저 마력인형의 마법 구현 능력은 나와 같지만, 서클 자체는 너와 동등해. 마법 입문서에 적힌 거마냥 고리타분하게 마법을 구사하니까 5분도 못 버티고 당하는 거야."

"잘 알고 있어요."

"알고 있기만 하면 뭐해? 실천으로 옮겨야지. 이깟 마력인형 하나 당해내지 못하고 '제이워드'의 도움이 될 거라는 착각 따윈 하지 마."

엘레노어의 어조는 싸늘하기 그지없었지만 유독 제이워드라는 단어를 말할 때만은 부드럽고 따스했다.

"……레이지, 예요."

"뭐?"

"제이워드가 아니에요. 저에겐 레이지라고요!"

마리에타는 남은 힘을 짜내 간신히 일어섰다. 비틀거리는 다리로 힘겹게 균형을 잡으면서 엘레노어를 노려보았다.

"호오, 기세 하나만큼은 대단해. 하지만 분노를 표출해야 하는 방향이 어긋난 거 아냐?"

엘레노어는 팔짱을 낀 채로 오른손 검지만을 내밀어 마력인형을 가리켰다.

"솔직히 지금의 네 수준이라면 저 마력인형을 제이워드에게 선물해 주는 쪽이 훨씬 도움될 거야."

"그건 두고 봐야 알 일이에요."

"그래, 이제까지 그랬던 것처럼 두고 보겠어. 하지만 네가 이렇게 지체하는 동안, 제이워드는 더욱더 험난한 길을 걸어가고 있을 거야. 그것만은 명심해."

엘레노어는 그 말을 끝으로 수련실 밖으로 나갔다.

마리에타는 터진 입술 아래로 흘러내리는 피를 손등으로 닦아내며 정면을 응시했다.

이대로 매번 쓰러질 수만은 없었다. 비록 레이지의 부탁을 거절하지 못해 받아들인 격이었지만, 진정으로 원하지 않았다면 마리에타 본인이 거부했을 것이다.

그녀의 입이 빠른 속도로 룬 문자를 읊기 시작했다. 동시에 건너편에 있는 마력인형 역시 주문 시동을 시작했다.

"……페 바스(바람이여, 휘몰아쳐라)!"

"페, 바스."

격렬한 마리에타의 목소리와 달리 마력인형의 입에선 억양의 변화없이 인위적인 목소리가 흘러나왔다. 그리고 둘 사이에 거센 바람이 휘몰아치기 시작했다.

Chapter 41
여전히 굳건한 검제의 아성

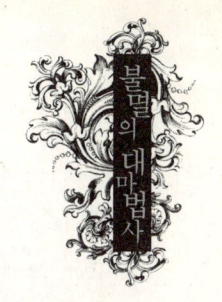

1

프라디나스 대륙 전쟁.

흔히 대륙 전쟁으로 줄여 불리는 이 전쟁은 20여 년간 피바람을 몰아 일으켰다. 대마법사 제이워드는 청춘을 불사르면서 크루디아 제국과 맞서 싸웠고, 결국에는 그와 뜻을 함께하는 동료들과 함께 제국의 최후를 목격했다.

기나긴 시련 끝에 찾아온 평화를 사람들은 오랫동안 만끽하고 싶었다. 폐허가 되어버린 벌판에 새싹이 돋아나기 시작했고 전사한 병사들의 피로 붉게 물들었던 강에 예전의 맑고 깨끗한 물이 흘러내렸다.

그렇게 모든 것이 원래대로 돌아갈 거라 기대했다.

"……그럴 수가."

케인즈의 입에서 절로 탄식이 흘러나왔다.

검제 프레드릭의 갑작스러운 방문과 레이지가 사실은 대마법사 제이워드의 제자였다는 사실은 그를 기쁘게 했다. 그러나 앞서 느낀 행복 따위 완전히 뒤집어 삼킬 정도의 근심걱정이 케인즈의 어깨를 축 처지게 만들었다.

그는 여송연을 꺼내 입에 물었다. 부싯돌로 불을 붙이고 연기를 길게 내뿜었다.

"두 명의 그랜드 마스터가, 그것도 대마법사 제이워드와 함께 싸웠던 분들이 이제 와서 제국의 잔당과 손을 잡았다니……. 솔직히 믿기지 않는구나."

"사실입니다, 아버님."

레이지는 케인즈의 의심에 단호한 어조로 대답했다.

"정 제 말을 믿기 힘드시다면 전하께서 대신 설명해 주실 겁니다."

레이지가 털어놓은 이야기는 하나같이 충격적인 사실들뿐이었다. 그렇기에 케인즈는 쉽사리 아들의 이야기를 믿을 수 없었다. 그러다 보니 제이워드의 제자였다는 사실까지도 의심쩍기 시작했다. 오를레앙이 나서야 할 절호의 타이밍이 온 것이다.

"현재 제국의 잔당들이 어느 정도의 규모인지, 얼마나 많은 이들을 끌어모았는지 확실히 파악하긴 힘듭니다. 하지만 넓게 손을 뻗고 있다는 것만큼은 확신합니다."

오를레앙은 크루디아 제국의 문양이 찍혀 있는 편지 봉투를 탁자 위에 슬며시 내려놓았다.

"이 편지 봉투, 낯익지 않습니까?"

"설마 발렌시아 왕국까지?"

"다행히도 아버님… 아니, 줄리앙 폐하께서는 크루디아 제국의 이름만 들어도 치를 떠시는 분입니다. 대륙 전쟁 당시 제이워드님을 아낌없이 지원했다는 사실은 굳이 설명하지 않아도 다들 잘 아실 거라 생각합니다. 최소한 발렌시아 왕국 내에선 제국 잔당들이 설칠 일은 없을 것입니다. 남은 건 다른 국가들도 똑같이 반응하냐의 문제입니다."

"허허, 길레터 왕국 내부만의 문제는 아니구먼. 대충 예상은 했지만 안타까워."

케인즈와 오를레앙의 대화를 듣고 있던 펠튼은 쏩쓸한 웃음을 터뜨렸다. 일이 결코 원하지 않는 방향으로 전개됨을 직감했기에.

"프레드릭 경의 모국 졸다크 왕국의 경우는 그리 낙관적이지 않습니다. 아무래도 좋지 않은 쪽으로 손을 잡은 느낌이 듭니다. 프레드릭 경에게 터무니없는 소문이 돌고, 구금시켰다는 것만으로도 대충 짐작할 수 있습니다. 나르디안 경과 베른 경 두 사람이 속한 케이서스 공화국은 두말할 나위 없겠죠. 그리고 그 나르디안 경을 대변인으로 삼고 있는 마법사 칸나가 속한 카르도니아 왕국까지 포함한다면……."

단순히 잔당이라 치부하기엔 너무 큰 세력이 되어버린다.

오를레앙의 말을 귀담아 듣던 케인즈는 근심이 가라앉기는커녕 더욱 커져 감에 여송연을 깊게 빨아들였다.

"하아, 너무나 대단한 이야기를 들어버린 것 같습니다."

"그렇다고 그 세 국가에게 직접적으로 뭔가 강요하더니 접근하기엔 무리입니다. 지금의 상황에서 저희들이 할 수 있는 것을 해야 하지요."

오를레앙은 앞서 레이지에게 당부받은 이야기와 자신의 생각을 섞어 대화를 이어나갔다. 혹시라도 잘못 말한 게 있나 하고 레이지 쪽으로 고개를 돌렸지만, 레이지는 살짝 미소지으며 아무런 문제가 없다고 대답했다.

"여러분들께 부탁드리겠습니다. 그 어떤 일이 있어도 길레터 왕국이 제국의 잔당들과 손을 잡는 일만큼은 막아주시길 바랍니다."

"당연합니다. 제국의 악몽이 사라진 지 불과 몇 년 되지 않았습니다. 다시 불길이 활활 타오르기 전에 불씨를 꺼뜨리는 게 최적입니다."

"그 외에 부탁드릴 것이 있습니다. 프레드릭 경을 당분간 이곳에 머무르게 해주십시오."

"네?"

케인즈의 입에서 반쯤 타들어간 여송연이 미끄러지듯 탁자 위로 툭 떨어졌다.

"현재 프레드릭 경은 뒤집어쓴 모함이 풀리기 전까진 도망 다녀야 하는 신세입니다. 지금 당장 모함을 풀 수 없다면, 상황이 바뀌기를 기다리는 수밖에 없습니다. 높은 실력의 오러 유저가 두 분이나 있는 이 저택이라면, 혹시라도 프레드릭 경의 오러가 느껴지더라도 그려려니 할 것입니다."

"아, 그런 수가 있었군요."

"사실 이건 아드님께서 제안한 것입니다."

프레드릭은 레이지로서 반드시 필요한 인물이다.

하지만 그동안 급격한 성장을 한 대가로 예전 같지 않은 기량에 머물러 있고, 남들의 눈을 피해야만 하는 입장이다. 다시 돌아올 생각이 없었던 크로이덴가로 돌아온 이유가 바로 그것이었다.

"저로서는 그랜드 마스터인 프레드릭 경이 머무르신다면야 얼마든지 환영합니다. 오히려 제 쪽에서 부탁드리고 싶을 정도입니다."

"단 남들의 이목이 닿지 않도록 주의해 주시길 바랍니다.

아! 그리고 평소 잘 쓰지 않는 별장이라도 있습니까? 아무래도 제가 여기에 계속 머무르다 보면 주변의 이목이 집중될 게 뻔해서 말입니다."

"네? 왕궁으로 가실 예정이 아닙니까?"

"아무래도 좀 오래 머물 예정이라 길레터 왕가에 폐를 끼칠 수는 없습니다. 머지않아 제가 여기에 왔다는 소문이 쫙 퍼질 테고 많은 이들이 저택을 들락거릴 겁니다. 그런 상황에서 제가 다른 곳으로 이동한다면 자연스레 절 주시하는 시선까지 함께 옮겨가겠지요. 그러면 타인의 관심에서 멀어진 크로이덴가의 저택에 프레드릭 경이 머무르기 충분할 겁니다."

"그런 수도 있었군요."

"다시 한 번 잘 부탁드립니다. 제가 드릴 말은 여기까지입니다."

둘의 이야기가 끝나자 팽팽했던 긴장감이 일순간에 풀렸다.

오를레앙은 소파에 등을 기대고 목 언저리를 매만지며 숨을 골랐다. 케인즈는 떨어뜨렸던 여송연을 재떨이에 비벼 끈 뒤 새것을 꺼내 입에 물었다.

가장 들떠 있던 크루제이커는 심각한 표정으로 침묵을 지키고 있었다. 레이지가 밝힌 사실 중, 나르디안이 제이워드를 살해한 범인이라는 이야기에 크게 충격받았기 때문이다.

개인의 실력과 인격은 비례하지 않는다는 주관을 가지고 있는 그였지만, 동료의 목숨을 앗아가는 비극으로 이어지는 것과 차원이 달랐다.

"레이지, 예전 나에게 가르침을 청할 때 말했던 복수가 바로 그거였냐?"

"네, 당시에는 어렴풋이 남아 있는 기억에만 의존해야 해서 명확히 표현할 수 없었습니다. 그저 누군가를 위해 앙갚음해야 한다는 의식만 남아 있었습니다."

"그렇게 무거운 의미였다는 걸 알았다면 더욱 진지하게 널 대했을 거다. 지금 와서 너무나 후회돼."

"그 정도가 딱 좋았습니다. 너무 진지했으면 솔직히 버티지 못했을 겁니다."

"아니, 왜 하필 이 타이밍에 절 보십니까?"

크루제이커와 레이지의 시선을 동시에 받은 오를레앙은 불평을 터뜨리며 못마땅하다는 표정을 지었다. 덕분에 가라앉았던 분위기가 조금이나마 원래대로 돌아갔다.

"케이지, 뭔가 하고 싶은 말이 있으면 참지 말거라."

케인즈는 프레드릭에게 한시도 눈을 떼지 않는 장남에게 넌지시 말을 건넸다.

"저놈만큼은 아니지만, 나 역시 오러 유저로서 프레드릭 경을 만났다는 사실만으로도 가슴이 벅차 오를 정도다. 이런 기회는 쉽게 찾아오는 게 아니다."

케이지는 대답 없이 일어서더니 프레드릭의 정면에 마주 섰다. 케인즈는 아들이 평소의 온화한 이미지와 달리 도전적인 눈빛으로 프레드릭을 보고 있음을 알고, 무슨 일이 일어날지 대충 짐작 중이었다.

"저는 길레터 왕국의 왕궁기사단장을 역임 중인 케이지 A. 크로이덴이라고 합니다. 대륙 전쟁의 영웅인 프레드릭 경을 이렇게 뵙게 되어 영광입니다."

"동생 분으로부터 많은 이야기를 들었습니다. 절대 뛰어넘을 수 없는 벽이라며 칭찬을 아끼지 않았습니다."

하지만 프레드릭의 칭찬은 케이지의 귀에 조금도 들어오지 않았다. 지금의 케이지가 원하는 것은 예의상 건네는 말이 아니었다.

"프레드릭 경에게 감히 대련을 청해도 되겠습니까?"

2

케인즈는 계단을 따라 저택 지하에 몰래 설치한 비밀 수련장의 입구로 걸어갔다. 굳게 잠긴 자물쇠를 손으로 살짝 훑어보니 그동안 쌓인 먼지가 시커멓게 묻어 나왔다.

문을 열고 안으로 들어온 케인즈는 왼손에 들고 있는 횃불로 뭔가를 찾기 시작했다.

"아, 여기 있었군."

그는 벽에 오른손을 가져간 뒤 오러를 구현했다. 그러자 천장과 벽이 빛나면서 확 트인 공간이 시야에 들어왔다.

가로, 세로 각각 200미터의 정가각형 모양으로 이루어진 비밀 수련실은 천장의 높이가 3미터에 달했다. 급한 일이 생겨서 돌아간 펠튼을 제외한 모두가 수련실 안으로 들어왔다.

"레이지, 네 녀석이 태어나기 전까지 사용하던 수련실이다. 거의 20년 만에 들어와 보니 감회가 새롭구나."

크로이덴 가문에는 옛 집터에 세워놓은 전용 수련장이 존재하긴 한다. 하지만 자신만의 비법을 홀로 궁리하기 위해선 남들의 눈을 피할 필요성이 존재한다. 그래서 오러 유저가 대대로 배출되는 가문이라면 저택 지하실에 비밀 수련장을 만드는 게 하나의 관례처럼 굳어졌다.

"네가 기억상실증에 걸린 직후, 나에게 오러를 스스로 수련하겠다고 한 거 기억하느냐?"

"네, 아버님."

"사실 그때 난 여길 다시 열까 싶었다. 하지만 네가 진짜 변했는지 아닌지 뭔가 애매모호해서 관두기로 했지. 네가 진정으로 오러 유저의 길을 걷는다고 느껴질 때 이 문을 열기로 결심했지만, 이런 이유로 찾게 될 줄은 꿈에도 몰랐다."

케이지가 대뜸 프레드릭에게 대련을 청하자 방 안에 있던 모든 이들은 놀란 나머지 한동안 말을 잇지 못했다. 멍하니 시간이 흘러가는 가운데 케인즈는 젊었을 적 저택 지하에 마련해 두었던 수련실을 떠올렸다.

레이지는 수련실의 벽에 손을 대고 앞으로 걸어갔다. 꽤 넓은 공간임에도 오러에 긁힌 자국들이 군데군데 눈에 띄었다. 비록 랭크 5의 소드 마스터에 머무른 케인즈이지만 거기까지 올라서는 데 얼마나 많은 노력을 들였는지 알 수 있었다.

"아버님, 이 지하 수련실의 벽, 생각 이상으로 튼튼한 것 같습니다?"

오러에 반응해 빛을 내는 염료는 그다지 비싸지 않지만, 오러에 버텨내도록 걸린 마법의 수준이 엄청났다. 집중적으로 타격 당하지만 않는다면 웬만한 수준의 오러 따위 흡수해 버리기 충분했다.

"난 다른 귀족들에 비해 쓸데없이 돈을 들이는 걸 싫어하지. 하지만, 이 수련장을 만드는 것에는 전혀 아끼지 않았단다! 그랜드 마스터의 오러까지 버텨낼 정도로!"

"굳이 그렇게까지 만들 필요가 있습니까?"

"아, 그게 말이다. 언젠가는 우리 가문에도 그랜드 마스터가 나올지 모른다는 기대감에……. 맘껏 수련할 수 있는 공간으로 건설했지."

"이거 상당히 비쌀 텐데요?"

"덕분에 처음 기사단에 입단할 때부터 모아왔던 돈을 다 쏟아부었지. 펠튼님에게도 신세졌고."

다른 귀족들에 비해 검소하기로 소문한 케인즈였지만, 막상 가진 재산은 그리 많지 않았다. 페리슨은 그제서야 가문의 재산을 관리할 때마다 생겨난 공백의 원인을 알아내고는 헛기침을 했다.

'모두 저 남자가 프레드릭 경이라 믿어 의심치 않지만, 나는 달라. 이 몸으로 직접 느끼지 않은 한 인정할 수 없어.'

케이지는 프레드릭이 활약하던 시절 직접 전쟁에 뛰어들지 않았던 세대이고, 그가 진짜인지 아닌지 여전히 의심하고 있었다.

입구로부터 왼쪽 벽에는 백여 개가 넘는 연습용 검이 진열대에 줄지어 꽂혀 있었다. 그중 하나를 고른 뒤 수련용 갑옷을 몸에 걸쳤다.

"프레드릭 경, 정말로 괜찮겠습니까?"

"문제될 일은 하나도 없습니다. 길레터 왕국의 다음 세대를 이끌 신진기수인 케이지 경과 검을 겨루고 싶었던 차입니다. 만일 케인즈 경과의 대련도 원하신다면 기꺼이 받아들이겠습니다."

"정말입니까?"

케인즈는 눈을 반짝이더니 부리나케 수련용 갑옷을 걸치고 연습용 검을 빼들었다.

"케이지, 우선 이 애비에게 양보하는 게 어떻겠느냐?"

"정 그러신다면……."

아버지의 권유에 케이지는 한 발짝 뒤로 물러섰다.

하지만 케인즈와 프레드릭 사이에 거대한 무언가가 끼어들었다.

"랭크 5밖에 안 되는 놈이 무슨 수로 프레드릭 경의 오러를 받아내겠다는 거야? 너희 부자(父子)는 순순히 물러나지그래?"

쿵!

크루제이커가 언제 꺼내왔는지 거대한 참각도(斬脚刀)를 바닥에 꽂아 세워놓았다. 오를레앙은 과거의 악몽이 되살아나 머리를 감싸쥐었고 케인즈는 질렸다는 듯 고개를 설레설레 저었다.

"야, 이놈아! 누구 잡을 작정이냐?"

"프레드릭 경을 상대로 최선을 다하겠다는 내 나름대로의 마음가짐이다. 앗, 물론 프레드릭 경께서 거절하신다면야……."

크루제이커는 큰 덩치에 어울리지 않게 슬금슬금 눈치를 봤다. 세 명의 오러 유저가 한치의 양보도 없이 물러설 기미를 안 보이는 가운데 프레드릭은 연습용 검 하나를 꺼내 오른손에 쥐었다.

"좋습니다."

"네? 그렇다면 저, 저와 먼저 하시겠습니까?"

"아들아, 넌 그동안 격무로 피곤하지 않았더냐? 그러니 나에게 양보 좀 하려무나. 그리고 크루제이커. 넌 도중에 끼어들었잖아. 순서를 지키라고."

"아버님, 그리고 크루제이커 경, 대련을 청한 건 제가 먼저입니다."

"한꺼번에 덤비십시오."

프레드릭의 말에 세 명은 일순간 동작을 멈췄다.

레이지는 다급히 프레드릭의 손을 붙들고선 수련장 구석으로 끌고 갔다. 그리고 귓속말을 건넸다.

"프레드릭, 아무리 그래도 랭크 5 이상의 소드 마스터가 세명이나 있는데 혼자서 상대하긴 무리 아냐? 몸 상태도 예전 같지 않잖아."

"날 누구라고 생각해?"

조금의 오만도 섞이지 않는 순수한 자신감이었다.

'그래, 이 녀석은 원래 그런 놈이었지. 특유의 저돌적인 면이 두드러져서 그렇지, 승산 없는 말은 절대 내뱉지 않았어. 근성과 냉정함이 어느 한쪽으로 기울지 않고 결합되었다랄까?

레이지는 고개를 끄덕인 뒤 원래 자리로 돌아갔다. 낡은 탁자 주변에 놓인 의자에 앉은 뒤 앞으로 어떤 식으로 대련이 진행될지 두고 보기로 했다.

"전하께서는?"

케이지는 소드 마스터급의 오러 유저임에도 가만히 레이지 옆에 앉아 있는 오를레앙을 바라보았다.

"저는 이미 그랜드 마스터의 무서움을 뼈저리게 느꼈습니다. 지금의 저로서는 프레드릭 경에게 상대도 안 될 게 뻔합니다. 대신 다른 분들의 실력을 멀리서 감상하겠습니다."

막상 웃으면서 이야기를 하고 있지만, 오를레앙은 그랜드 마스터 베른에게 느낀 공포를 아직도 떨쳐 내지 못했다. 카트린느 역시 마찬가지였다.

"미리 말씀드리지만, 전 여러분들을 저평가하는 의미로 꺼낸 말이 아닙니다."

"저에겐 그렇게 들리지 않습니다만."

케이지의 차갑게 가라앉은 목소리에는 누가 봐도 느낄 수밖에 없는 적의가 담겨 있었다. 아무리 오러의 극에 달한 그랜드 마스터라 하여도, 소드 마스터 세 명에게 동시에 덤비라는 말은 도발이나 다름없었다.

아무리 강하다 하여도 프레드릭 역시 케이지와 같은 인간이다. 크루제이커, 그리고 아버지 케인즈와 함께라면 충분히 승산이 있다는 판단이 들었다. 그렇기에 덤벼보지도 않고 꼬리를 감춘 오를레앙이 겁쟁이로밖에 보이지 않았다.

"절대 봐드리지 않겠습니다, 프레드릭 경."

너무나 당당하게 말하는 케이지를 보고 케인즈와 크루제이커는 떡하니 입을 벌리고 말을 잇지 못했다. 오를레앙은 자신만만하게 나오는 케이지의 등을 보고 가볍게 웃었다.

'겪어보면 알 거다, 겪어보면……'

"그러면 시작해도 괜찮겠습니까?"

프레드릭의 물음에 세 명의 소드 마스터는 동시에 고개를 끄덕거렸다. 각자 검을 움켜쥐고 공격 자세를 취했지만 막상 먼저 나서는 이는 없었다. 자신보다 명백히 강한 자를 상대로 덤비려니 망설임이 그들의 발을 옭아맸다.

그들 중 가장 먼저 케이지가 움직이기 시작했다. 숨을 몇 번이나 고른 뒤 검에 오러를 불어넣었다. 강렬한 빛과 함께 검신이 오러에 휘감겼고, 프레드릭을 향해 달려가자 오러가 남긴 잔상이 길게 이어졌다.

프레드릭은 점점 좁혀지는 자신과 케이지 간의 간격을 주시하더니 검에 오러를 불어넣었다. 그러자 방 안을 가득 메우는 빛이 퍼지면서 모두의 시야가 하얗게 변했다.

"크아악!"

벽에 처박힌 케이지의 입에서 비명이 울려 퍼졌다.

비틀거리며 앞으로 쓰러진 그의 등 위로 돌부스러기가 흘러내렸고, 벽에 금이 쫙쫙 가 있었다. 순식간에 벌어진 일에 케인즈와 크루제이커는 놀라 서로의 얼굴을 쳐다볼 뿐이었다.

"오, 오러 어설트(Aura Assault)!"

오직 한 명, 오를레앙만이 찰나의 순간 프레드릭이 구사한 기술명을 외쳤다.

3

콰앙!

폭발음과 함께 먼지가 피어올랐다.

오러의 흐름을 억지로 틀어막았다가 검으로 타격을 입히는 순간 풀면서 강력한 폭발을 일으키는 기술, 오러 익스플로젼(Aura Explosion)이 크루제이커에 의해 시전되었다.

저택이 통째로 흔들릴 정도의 위력에 오를레앙은 카트린느를 붙들고 덜덜 떨었다. 레이지와 쉐스는 여유롭게 먼지가 가라앉기만을 기다렸다.

'이렇게 강력한 오러를 나에게 단 한 번도 보여주지 않았어. 역시 그랜드 마스터에게나 쓸 만한 기술이란 이야기겠지.'

기술을 사용한 크루제이커는 거친 숨을 몰아쉬며 한쪽 무릎을 꿇었다. 그의 반들거리는 머리 아래로 땀이 비오듯 흘러 내렸다.

"훌륭합니다."

그러나 그 기술을 정면으로 받은 프레드릭의 목소리는 너무나 태연했다. 그는 연습용 검을 비스듬히 세워 막아냈다.

"하지만 좀 더 발동까지 걸리는 시간이 짧았으면 좋겠다는 생각이 드는군요."

"넷! 잘 알겠습니다."

지금의 크루제이커는 가르침을 받는 입장으로 프레드릭을 대하고 있었다. 반면 케이지는 어디까지나 도전자의 입장으로 프레드릭에게 맞섰다.

"다시 한 번 가겠습니다."

"얼마든지 오십시오."

케이지는 오러에 휘감긴 검을 두 손으로 강하게 움켜쥐었다. 그리고 빠른 속도로 프레드릭에게 달려갔다.

"하아앗!"

기합 소리와 함께 케이지의 검이 프레드릭을 향해 휘둘러졌다. 무수한 잔상을 남기며 연달아 공격을 가했지만, 프레드릭은 검으로 막기는커녕 제자리에서 살짝 움직이며 모두 피해냈다.

뒤로 급히 물러선 케이지는 검을 머리 위로 들어 올리더니 큰 원을 그리며 위에서 아래로 휘둘렀다. 그러자 검에서 뿜어져 나온 충격파가 오러와 함께 지면을 타고 빠르게 뻗어 나갔다. 프레드릭은 옆으로 미끄러지듯 충격파를 피하더니 온몸을 오러로 감싸 그대로 케이지를 향해 돌진했다.

"크억!"

맨 처음 당했던 것과 똑같이 케이지의 몸이 벽에 처박혔다. 부들거리는 몸으로 간신히 몸을 일으켜 세웠지만 입술 사이로 피가 주루룩 흘러내렸다.

케이지가 구사한 충격파는 계속 전진하더니 멀리 있던 레이지를 뒤덮었다. 커다란 소리와 함께 먼지가 피어올라 주변을 뿌옇게 뒤덮었다.

"레이지!"

"쉐스님!"

케인즈와 크루제이커는 예상 못한 돌발 상황에 당황했다. 그러나 먼지가 가라앉자 마나의 장벽을 구사한 두 사람을 보고 휘둥그레 눈을 떴다.

"걱정 마십시오."

"케이지의 충격파를 버텨낸 거냐?"

"저 혼자만이 아닙니다. 쉐스님도 함께했으니 가능한 일이죠."

"저, 레이지님? 저도 같이 막아냈는데요?"

보검 아르젠트를 꺼내 충격파를 막아낸 오를레앙은 자신을 어필했지만 그 누구도 그의 말에 귀 기울이지 않았다.

도로 자리에 앉은 레이지는 천장을 바라보며 감탄했다. 마나의 장벽에 튕겨 나간 충격파가 주변 일대는 물론 천장까지 강타했지만, 흠집만 생긴 것으로 끝났다. 케이지가 소드 마스터다운 실력을 지니고 있음을 확인했다.

"와, 이거 진짜 튼튼하군요. 돈 들인 값어치를 톡톡히 하는데요?"

"이놈아! 아들로서 아버지가 이렇게 고생하는 지금 그게 중요하냐?"

"스스로 원하신 고생 아닙니까?"

"끄응……."

케인즈는 더 이상 반박하지 못하고 인상을 찌푸렸다.

그 사이 크루제이커는 거대한 참각도를 빙빙 휘두르며 프레드릭을 공격했지만, 그보다 훨씬 작은 연습용 검에 막히며 뒤로 죽 미끄러졌다.

소드 마스터급의 오러 유저 세 명이 번갈아가며 혹은 동시에 공격했음에도 프레드릭의 얼굴에는 땀방울 하나 흘러내리지 않았다. 반대로 케인즈와 케이지의 연습용 갑옷은 거의 박살이 나 흘러내리기 일보 직전이었다. 웬만한 오러는 버텨내도록 거금을 들여 마련한 물건이었지만, 그랜드 마스터의 오러를 버티기엔 무리였다.

"헉헉……. 케인즈, 옛날 생각나지 않냐?"

"아이고, 몸이야……. 언제적?"

"우리 둘 다 갓 소드 엑스퍼트 등급에 올랐을 때 상대했던 소드 마스터 말이야. 저분과 몇 번 검 마주해 보니 20년은 훌쩍 옛날로 돌아간 기분이다."

"진작에 수련 좀 해둘 걸……."

케인즈는 크루제이커와 옛날 대륙 전쟁에 참전했던 때를 떠올리며 한숨만 푹푹 내쉬었다. 하지만 이건 수련을 한다고 극복될 성질의 문제가 아니다. 오러 랭크는 물론이거니와 전투 경험 그리고 검술, 모든 면에서 프레드릭에게 압도당하고 있었다.

그러나 그들은 포기하지 않았다. 그랜드 마스터와 대련할 기회란 쉽게 찾아오지 않는 행운이다. 조금이라도 자신의 역량을 어필하고픈 두 남자는 지친 몸을 이끌고 프레드릭에게 달려들었다.

'아무리 오러 랭크 차이가 난다 해도 이건 압도적이군. 이게 대련이었으니 망정이지 실전이었다면……'

첫 일격에 케이지는 전투 불능이 되었을 테고, 나머지 두 사람도 그리 오래 버티지 못했을 것이다. 그나마 케인즈와 크루제이커는 전쟁을 경험한 자들이기에 어떻게든 버텨내고 있었다.

레이지는 고개를 옆으로 돌려 쉐스를 바라보았다. 남들이 무슨 이야기를 하든 간에, 뭘 하고 있는지 상관않고 책만 읽던 쉐스가 깃털 펜을 꺼내 뭔가 열심히 적고 있었다.

"뭘 보는 겁니까?"

"이 상황에서도 차분하게 뭔가 적는 게 신기해서 그런다, 왜?"

쉐스는 레이지의 시선을 무시하고 다시 정면을 바라봤다. 말을 하는 도중에도 그의 손은 계속 움직이며 빈 공간을 글자들로 빼곡하게 메우고 있었다.

"저분들의 움직임과 오러 운영 방식을 나름 정리에서 기록 중입니다."

"호오, 그래?"

"앞으로 수많은 오러 유저들과 싸우게 될 터, 지금처럼 여유롭게 오러 유저들의 전투 방식을 관찰할 기회는 거의 없을 겁니다. 이렇게 좋은 기회를 그냥 지나칠 수는 없습니다."

"난 굳이 그렇게 어딘가에 적을 필요는 없어."

레이지는 손가락으로 자신의 머리를 툭툭 건드렸다.

"이걸로 직접 기억하면 되니까."

그렇게 말은 했지만, 프레드릭과 세 남자의 대련은 실질적으로 레이지에게 큰 도움은 되지 못했다. 냉정히 따지면 프레드릭의 우월함만을 강조하는 '놀이'에 가까웠기에.

'말은 그렇게 했어도 나 역시 몸이 근질근질거려. 보고만 있자니 감칠맛만 나는군. 오러 유저가 된 영향 때문일까?'

예전 제이워드 때엔 느끼지 못했던 감각에 아쉬움마저 살짝 들었다. 오러 랭크와 마나 서클을 좀 더 올린 뒤엔 프레드릭과 단둘이서 진지한 대련을 해보고픈 마음마저 들었다.

"헉, 헉……."

케이지는 거칠게 숨을 내쉬며 검을 지팡이 삼아 몸을 지탱했다. 오른쪽 무릎을 꿇긴 했지만 다른 한쪽마저 꿇을 수는 없었다. 오직 오러 유저로서의 의지만이 그의 버팀목이었다.

"형님, 이런 말씀 드리긴 뭐하지만……."

"크윽……. 레이지, 뭐냐?"

케이지는 등 뒤에서 들리는 동생의 목소리에 반응해 고개를 뒤로 돌렸다.

"형님은 이미 다섯 번이나 죽은 목숨입니다."

"……!"

대륙 전쟁 시절, 그의 앞을 가로막았던 무수한 오러 유저들을 일격에 쓰러뜨렸던 기술 오러 어설트를 케이지는 다섯 방이나 얻어맞았다. 그때마다 벽에 처박히는 수모를 겪었다.

"더 이상의 대련은 의미가 없습니다."

"그건 나도 잘 알고 있다."

오러를 버텨내는 연습용 갑옷은 거의 반 이상 박살 난 상태였고, 지금 쥐고 있는 연습용 검은 열 번째 꺼내 든 것이다.

"하지만 단 한 번이라도 내 공격을… 성공시키고 싶어."

아버지와의 대련에서도 이렇게 밀린 적은 없었다. 케이지가 지금의 레이지만 한 나이였을 때, 크루제이커의 오러에 압도되긴 했어도 이렇게 일방적이진 않았다.

"아버님!"

레이지의 외침에 케인즈의 검이 멈췄다.

"거기까지 하시는 게 어떻습니까? 보다시피 형님의 상태도 썩 좋지 않습니다."

"레이지님의 말대로 여기까지 하는 게 어떻습니까?"

막 참각도를 프레드릭의 머리를 향해 휘두르려던 크루제이커는 아쉬움을 감추며 참각도를 거두어 들였다.

"레이지! 난 아직……."

"아마 갈비뼈도 몇 군데 나갔을 겁니다. 쉐스님, 부탁드립니다."

쉐스는 레이지의 부축을 받고 서 있는 케이지에게 다가갔다. 그리고 기도문을 읊으며 힐링을 시전했다.

"오래간만에 검을 쥐어본 터라 미흡하지 않았는가 걱정됩니다만."

프레드릭의 겸손에 케인즈는 고개를 가로저었다.

"아닙니다. 저야말로 검을 손에 놓은 지 꽤 되어서 허술한 실력만 보여 드리지 않았나 부끄럽습니다."

"전 프레드릭 경과 대련했다는 그 자체만으로 기쁩니다."

크루제이커는 땀을 뻘뻘 흘리면서도 기쁨을 주체하지 못해 얼굴이 붉게 상기되었다.

"케이지 경, 당신의 잠재력에 놀랐습니다. 제 오러 어설트를 그렇게 맞고도 버틴 사람은 극히 드뭅니다."

프레드릭은 케이지에게 다가가더니 왼쪽 어깨에 살며시 손을 얹었다.

"아닙니다. 전 그저 프레드릭 경의 공격을 맞고 버틴 것에 불과합니다. 검제와 더불어 천재라는 아명이 괜히 붙은 게 아니라는 걸 절실히 느꼈습니다."

천재라는 단어에 프레드릭은 쓴웃음을 지었다.

그의 실력은 하늘로부터 물려받은 재능이 아니었다.

"전 단지 운이 좋았을 뿐입니다."

수많은 적들을 상대하며 죽을 고비를 매번 넘기면서, 이기고 살아남아야 한다는 신념 하나만을 고수하며 얻어낸 처절한 능력이었다.

"진정한 의미의 천재는 바로 당신, 케이지 경입니다."

"저… 말입니까?"

"전쟁이 아닌 평화 속에서 20대의 나이에 소드 마스터에 도달했다는 사실 자체가 증명합니다."

"……"

프레드릭은 나름 솔직하게 케이지의 실력과 아직 발휘되지 않은 잠재력을 인정했지만, 케이지 본인에게는 전혀 그렇게 받아들여지지 않았다. 랭크 차이 따위 이미 상관없었다. 한 명의 검사로서 또 다른 검사에게 졌다는 부끄러움에 고개를 들 수 없었다.

"어떠십니까?"

힐링을 마친 쉐스는 케이지의 상태를 물어봤다.

신기하게도 가슴을 쿡쿡 찌르던 고통이 순식간에 사라졌다. 몸 이곳저곳 자리 잡았던 찰과상도 어느 사이에 완전히 아물었다. 하지만 상처 입은 자존심은 조금도 회복되지 않았다.

"아버님, 그리고 형님과 스승님께 부탁드리겠습니다. 잠시 이분들과 은밀히 나눌 이야기가 있어서 그런데 잠시 자리를 비켜주시지 않겠습니까?"

4

케인즈는 축 처진 어깨를 이끌고 밖으로 나가는 케이지의 등을 툭툭 두들겨 주었다. 크루제이커는 다음에 꼭 다시 대련해 준다는 걸 프레드릭에게 확답받고서야 수련실 밖으로 나갔다. 페리슨이 인사를 하고 방 밖으로 나가자, 안에 남은 이들은 레이지의 진짜 정체를 아는 이들밖에 없었다.

레이지는 문이 닫힌 걸 확인한 뒤 룬 문자를 읊으며 마법을 시전했다. 세 개의 마법진이 연달아 그의 머리 위에서 발밑으로 내려오며 포개지자 수련실의 벽이 붉은색에서 파란색, 그리고 녹색으로 바뀌더니 원래의 투박한 색으로 돌아왔다.

"휴우, 이 정도면 서너 달 정도는 유지될 거야. 네가 크게 소리치더라도 밖에선 아무 소리도 안 들릴 거다."

장시간 유지되는 소리 제거 마법을 완성한 레이지는 의자에 털썩 앉았다. 마나를 많이 소모한 탓에 힘이 쭉 빠졌다.

"제이워드, 역시 난 마음에 걸려."

프레드릭은 여전히 손에 쥐고 있는 검을 바라보며 말했다.

"뭐가?"

"계속 이 거짓말을 계속해야 해?"

"그래, 그것이 이 가문 사람들을 위해서도 나에게도 최선이야."

사실 프레드릭은 자신을 우러러보는 이들에게 태연히 거

짓말을 해야 하는 지금 상황이 매우 껄끄러웠다. 특히나 아들이 대마법사의 제자라며 기뻐하던 케인즈를 볼 때는 가슴이 조여들었다.

"진짜 레이지는 다시 돌아오지 못해. 저들이 아무리 원한다 하여도 불가능한 일임은 분명하지."

"……"

"그런 상황에서 당신들의 아들은 이미 죽었습니다, 그리고 본의 아니지만 제이워드인 제가 대신 이 육체를 차지했습니다란 말을 그들이 받아들일 거 같아?"

냉소적으로 변한 레이지의 어투에 프레드릭은 입을 굳게 다물었다.

"차라리 그들에게 꿈을 보여주는 편이 훨씬 나아. 대마법사의 유지를 이어받아 제자가 되었다고 알려져야 해. 무엇보다 내가 제이워드임을 밝히려면 서클 0의 존재도 함께 알려야 하는데…… 그건 절대 있어서는 안 돼."

이계의 존재를 불러오며, 시간을 예전으로 되돌릴 수 있고, 죽더라도 다른 이의 육체를 빌어 되살아날 수 있는 서클 0의 마법은 존재한다는 자체만으로 주체못할 욕망에 세상을 휩싸이게 만들 수 있다.

그렇기에 레이지는 자신이 제어할 수 있거나 자신을 끝까지 따라올 수 있는 자들에게만 그 사실을 밝혔다.

"혹시라도 그 사실이 뒤늦게 가족들에게 알려진다 한들, 책임은 나 혼자 질 거다. 넌 걱정할 필요 없어. 막상 걱정할 건 따로 있지."

대련 내내 프레드릭의 움직임을 유심히 살폈던 레이지는 과거 제이워드와 함께 싸웠던 검제 프레드릭을 떠올리며 서로 비교해 보았다.

"내 실력 말이지?"

"그래."

"제이워드, 솔직하게 말해주길 바래. 지금의 내 실력은 어떻지?"

"녹슬었어. 예전과는 달라."

전쟁이 끝난 지금 한창 전장에서 활약하던 시절의 움직임은 돌아오지 않았다. 게다가 대련이라 하여도 막상 세 명을 상대할 때 보여준 프레드릭의 오러는 그랜드 마스터급이라 칭하기엔 미흡했다.

"예전의 너였다면 지금 이 육체의 형인 케이지를 일격에 기절시켰을 거야. 오러 어썰트의 위력을 조절했다 해도, 검제 프레드릭이라면 더욱 섬세하게 조절해 세 명 전원을 순식간에 쓰러뜨렸겠지. 내 말이 틀려?"

레이지의 지적에 프레드릭은 두 눈을 지그시 감고 고개를 천천히 숙였다.

"전하께선 어떻게 보셨습니까?"

"저와는 완전히 수준이 다른 경지의 대련이었습니다. 특히 케이지 경의 집념과 오러 관리 능력은 같은 랭크인 저보다 탁월하더군요."

그러나 칭찬과는 달리 프레드릭을 바라보는 눈빛에는 우려가 다분히 섞여 있었다.

"프레드릭 경에게 이런 말씀을 드리기 상당히 송구스럽지만…… 같은 그랜드 마스터 베른 경의 오러에 비한다면 다소 미흡하다고 느꼈습니다."

"전하께서도 그렇게 느끼셨군요."

오러를 구현하는 스타일의 차이를 제쳐 두고라도, 베른에게 느꼈던 공포와 위압감을 프레드릭의 오러로부터 도저히 느낄 수 없었다.

레이지는·프레드릭의 어깨에 손을 얹었다. 그리고 힘을 주어 꽉 붙들었다.

"어찌 보면 이렇게 잘 만들어진 비밀 수련장에 오게 된 것도 행운일지도 몰라. 가능한 한 예전의 힘을 되찾도록 노력해 달라고. 나르디안과 베른이 적으로 돌아선 지금, 옛 동료 중 의지할 사람은 그리 많지 않아."

"프레드릭 경이 조만간 예전의 힘을 되찾을 거라 믿어 의심치 않습니다."

레이지와 오를레앙의 위로에 프레드릭은 말없이 검자루를 쥔 오른손을 강하게 움켜쥐었다.

"그래야 하겠지……."

Chapter 42
머지않은 대륙의 격동

1

발렌시아 왕국의 왕태자 오를레앙의 갑작스러운 방문은 많은 이들의 입을 통해 길레터 왕국 곳곳으로 퍼져 나갔다.

길레터 왕궁에서는 직접 사신을 보내 왕궁에 초대한다는 서한을 보냈고, 많은 귀족들은 '소문'의 오를레앙을 만나기 위해 그가 머물고 있는 크로이덴가의 저택을 들락거렸다.

오를레앙은 그저 요양차 길레터 왕국을 방문했으며, 친분이 있는 레이지의 가문에 머문 것이라며 모든 초대를 정중히 거절했다. 그럼에도 찾아오는 손님의 수가 줄기는커녕 늘어나자 한적한 별장으로 거처를 이동했다.

시간이 흐르자 오를레앙에게 쏠렸던 관심은 서서히 가라앉았다. 그리고 자연스럽게 앞으로 한 달도 채 안 남은 대축제 쪽으로 쏠렸다.

"하암~ 지루해."

본의 아니게 휴양을 즐기게 된 오를레앙은 하품을 하며 긴 의자에 몸을 드러누웠다. 사실 그는 진짜로 '마음'의 상처를 연달아 입었던 터라 휴식이 절실했다. 졸다크 왕국에서 입은 남색이라는 오명과 과거의 악몽을 다시 떠올리게 한 크루제 이커의 존재를 유유자적한 하루하루를 보냄으로써 잊는 데 성공했다.

"오, 고맙군. 실비아 양."

그는 하녀 실비아로부터 쥬스를 건네받고선 천천히 음미했다. 2층 베란다 위에서 내려다보는 정원은 소박하면서도 편안하게 바라볼 수 있게 여유를 가져다주었다.

"카트린느, 두 분은 아직도 안 돌아오셨지?"

"네, 저녁때에 맞춰서 오신다고 하셨습니다."

"에잉, 나도 나가고 싶은데 틀어박혀 있어야만 하다니."

비록 대외적인 관심은 사라진 지 오래였지만, 은밀히 오를레앙을 감시하는 눈은 여전히 남아 있었다. 길레터 왕국에서 보낸 감시자들과 여전히 프레드릭과 동행하고 있다고 믿고 있는 레스톤 왕자의 심복이 바로 그들이었다.

"오래간만에 대련이나 해볼까?"

"거절하겠습니다."

"아니, 그렇게 딱 잘라서 거절하면 내 입장은 뭐가 되는가?"

"그 대련 때문에 브렌다님이 곤란해지시지 않았습니까?"

별장의 주인이자 레이지의 어머니인 브렌다는 정원의 꽃을 가꾸는 걸 유일한 위안으로 삼았다. 비록 눈이 보이지 않았지만, 향기로운 꽃내음을 즐길 수 있었기에 그녀는 매일 아침과 저녁, 직접 정원으로 나가 물을 주곤 했다.

"흠흠, 그 어떤 여성이라 하여도 눈물을 흘리게 할 수 없는 법이지."

"훌륭하십니다."

"그런데 말이지, 그대의 말투가 예전에 비해 비아냥거린다는 느낌이 강하게 든다네. 나 혼자만의 착각은 아니겠지?"

오를레앙은 3일 전, 몸을 풀겠다고 대뜸 정원 한가운데에서 카트린느와 대련을 시도했다. 나름 신경 써서 조심스럽게 검을 휘둘렀지만, 충격파에 휘말려 정원의 1/4이 박살 나버렸다.

브렌다는 괜찮다고 대답했지만, 엉망진창이 된 화단을 손끝으로 매만지며 슬픈 표정을 지었다. 결국 오를레앙은 자진해서 죽은 꽃들을 뽑아내고 새 씨앗을 심어야 했다.

"착각입니다."

"끄응, 에이! 레이지님과 쉐스님은 언제 오시는 거야!"

2

그 시각, 레이지는 쉐스를 따라 유흥가로 잘 알려진 카르시 마을로 들어갔다. 작년 자본금과 정보를 얻기 위해 들렀던 이후 처음이었다.

저녁 전임에도 많은 사람들이 거리를 가득 메웠다. 개중에 벌써부터 술에 취해 비틀거리는 이들이 곳곳에서 눈에 띄었고 야시시한 복장의 여성들이 한 명의 손님이라도 더 끌기 위해 지나가는 남자들의 팔을 잡아끌었다.

담배 연기와 술 냄새, 그리고 짙은 향수로 범벅이 된 거리를 지나 그들이 도착한 곳은 카르시 마을 외곽에 위치한 허름한 성당이었다. 담쟁이 넝쿨이 성당 꼭대기 십자가까지 뻗어 올랐고 유리창은 죄다 깨져 바람이 안으로 솔솔 들어왔다.

"이 녀석들! 조용히 못해!"

성당 안을 헤집고 돌아다니는 꼬마들을 향해 앙칼진 목소리가 울려 퍼졌다. 그럼에도 아이들은 혓바닥을 길게 내밀더니 성당 밖으로 줄지어 도망가 버렸다.

수녀 복장의 그녀는 지끈거리는 이마를 살짝 누르더니 이

내 안정을 되찾고 미소를 지었다.

"자, 부탁했던 서한이야."

카르시 마을의 유일한 성직자, 수녀 카니아는 교단의 문양이 찍힌 편지 봉투를 쉐스에게 건넸다.

쉐스는 편지 봉투를 아래위로 흔들더니 입구 부분을 봉하고 있는 밀랍을 유심히 살피면서 재봉인되었는지 아닌지 섬세하게 확인 중이었다.

"날 못 믿어?"

"미안, 아무래도 좀 중요한 사안이라 신중을 기해야 해."

"너란 녀석은……."

카니아의 툭 튀어나온 입술을 보고 쉐스는 뒷머리를 긁으며 멋쩍어했다.

"요즘 교단의 분위기가 심상치 않아. 종교재판이 연달아 진행 중이라는 말도 있고, 대대적인 조직 개편이 멀지 않았다는 이야기도 있어."

"나와는 상관없는 이야기야."

"하긴, 나도 마찬가지네. 이런 후미진 곳을 교단에서 신경 쓸 일이 없잖아? 오히려 이번 기회에 관심 좀 가져 주었으면 하는 생각도 들어."

카니아는 허리 양 옆에 두 손을 대고 어깨를 으쓱거렸다. 그녀 스스로 자원해서 고아원이나 다름없는 이곳으로 온 이상 후회는 없었다.

"스승님이란 분은 잘 만나고 왔고?"

"응."

쉐스는 '스승'에 대해서는 유독 말이 짧았다. 엘레노어라는 이름은 마법 협회에만 국한되지 않고 교단에까지 영향을 끼칠 수 있기에 언급하는 걸 회피했다.

"쉐스, 계속 마법을 포기하지 않을 생각이야?"

"베르시아님만큼이나 소중한 스승님에게 배운 걸 버릴 순 없어."

카니아는 깊은 신앙심과 뛰어난 신성력을 지니고 있는 쉐스가 '고작' 클래스 4에 머무르고 있음을 안타까워했다.

"너라면 지금 당장에라도 추기경 후보에 등록될 수 있어. 사상 최연소 추기경으로 올라선 베아트리체 자매님의 기록을 깨는 것도 가능하다고."

"그분은 전설이야."

다섯 영웅 중 맨 마지막에 합류한 베아트리체는 젊은 성직자들에게 우상이나 다름없었다. 오직 교단 내에서의 경력과 나이, 인맥만을 중요시하는 경직된 조직 체계를 최초로 깨고 추기경이 된 인물이었기 때문이다. 그것도 여성의 신분으로.

"여기에 언제까지 머물 거야?"

"한 달 정도? 어쩌면 더 오래 있을 수도 있어."

"틈나는 대로 종종 들러줘. 솔직히 말하면 많이 외로워."

"외로움은 베르시아님의 가호로 풀도록 해."

쉐스는 베르시아의 성상(聖像)을 향해 성호를 그은 뒤 성당 밖으로 나왔다. 카니아는 싱긋 웃으면서 뒤따라 가는 레이지에게 기도문을 읊으며 축복해 주었다.

레이지는 뭔가 성직자답지 않은 대화를 주고받은 두 남녀에게 호기심이 피어올랐다.

"꽤 친한 사이 같은데?"

"같은 고아원 출신이었습니다. 똑같이 신의 부름을 받고 교단에 들어오게 되었죠."

고아라는 단어에 레이지의 눈썹이 꿈틀거렸다. 왜 쉐스가 과거의 제이워드와 비슷한 이미지를 풍기는지 새삼 실감했다.

"이런 슬럼가 안쪽에서 성당이 있을지는 상상도 못했어."

"오히려 이런 곳이기에 베르시아님의 가호가 필요한 법입니다. 상식 아닙니까?"

레이지는 멀어져 가는 성당을 향해 뒤를 돌아보았다. 그리고 절로 피식하는 비웃음이 터져 나왔다.

"그래, 상식이지. 하지만 통하는 곳이 있을 때나 상식인 법이야."

그는 성당 앞 공터에서 뛰어노는 아이들을 바라보았다. 마땅한 장난감 하나 없이도 먼지투성이가 되어가며 즐거워하고 있었다. 나뭇가지 하나 주워 드는 것만으로 훌륭한 장난감이 되었다.

"내가 스승님을 만나기 전 슬럼가에서 소매치기를 할 땐 이런 곳 따윈 없었지. 알고 보니 성당에서 나누어주던 빵들을 앵벌이 조직에서 모아서 도로 팔아 이윤을 남겼다더군. 그래서 어느 순간 무료 배급이 중단되더니 자연스럽게 성당도 함께 사라졌어."

레이지는 해가 저무는 서쪽으로 시선을 돌렸다. 붉은 노을이 지평선을 타고 길게 퍼져 있었다.

"멋모르고 슬럼가 밖까지 처음 나갔던 적이 있었지. 성금을 내지 않으면 입장조차 허락해 주지 않았던 아주 고고하고 훌륭하면서 성스러운 곳이었어. 그래서 난 더 이상 신에게 의지하지 않았지."

그 때문인지 제이워드는 베르시아 교단과 그리 좋은 사이는 아니었다. 그럼에도 그를 위해 목숨까지 내던진 이는 막상 교단의 성당기사단장 데릭이었다.

"신이란 게 제대로 일을 처리했다면 그 녀석이 죽도록 놔두지 않았을 거야. 최소한 자기를 믿는 인간은 행복한 결말을 맞게 해줘야 할 거 아냐? 그런 것도 못하면서 뭐가 신이야?"

감정이 섞인 불평불만이 레이지의 입에서 술술 터져 나왔다. 막상 사사건건 레이지의 말에 트집을 잡던 쉐스의 입은 굳게 다물어진 채였다.

3

카르시 마을 남쪽 거리는 거대한 규모의 야외 술집 '베로나'로 유명하다. 각각 따로 가게를 가지고 있던 여섯 명의 점주가 서로 합의하에 가게 벽을 허물고 백여 개에 가까운 테이블을 설치했다. 카르시 마을 남쪽에서 동쪽으로 흐르는 강의 이름을 딴 '베로나'는 순식간에 카르시의 명물이 되었다.

손님은 맘에 드는 자리를 택한 뒤 탁자 위에 동전을 올려놓고 조금 기다리기만 하면 된다. 유유히 흐르는 강에 반사된 달을 바라보며 감상에 잠겨 있으면, 어느샌가 나타난 점원이 차가운 맥주와 안주거리를 탁자 위에 내려놓고 동전을 챙겨 간다. 목구멍이 시릴 정도로 차가운 맥주를 실컷 즐긴 뒤에는 빈 맥주잔을 내려놓고 나가면 된다.

술에 잔뜩 취해 떠들썩하게 이야기하는 자들만이 술을 즐기는 건 아니다. 남들에게 방해받지 않고 방해하지도 않으며 조용히 술을 즐기고자 하는 이들에게 베로나는 최적의 장소였다.

"흐음……."

갈색 로브를 걸친 한 여성이 의자에 앉았다. 동전을 탁자 위에 놓자 멀리서 금액을 정확히 파악한 점원이 카운터로 걸어가 큰 술잔에 맥주를 채웠다.

그녀의 뒤쪽 자리에 거대한 덩치의 남자가 앉았다. 그녀처럼 갈색의 로브를 뒤집어쓴 그는 후드를 깊게 눌러써 얼굴을 확인할 수 없었다. 그녀 역시 마찬가지였지만.

마른안주와 이슬이 송송 맺힌 맥주잔이 그녀의 테이블에 놓였다. 그녀는 그와 서로 등을 마주하고서 작은 목소리로 이야기를 건넸다.

"마키스 경과 퓨리언 경은 이미 목적지에 도착했다."

"벨라는?"

"그녀는 연락책이라 따로 배정된 곳은 없다."

대륙 전쟁의 다섯 영웅이었던 나르디안과 베른은 서로 얼굴을 보지 않고 등을 돌린 채 이야기를 이어나갔다. 나르디안은 차가운 맥주를 들이켜며 희미하게 미소 지었지만, 베른은 탁자에 놓인 맥주에 입 한 번 대지 않았다.

"지난번처럼 실패하지 않겠지?"

"다시는 그런 일은 없을 것이다."

우려보다는 질책에 가까운 나르디안의 어조에 베른은 단호하게 대답했다. 의자의 팔걸이 부분을 붙들고 있는 손에 힘이 들어가려는 걸 가까스로 참았다.

"그 소년은 만나보았나?"

"아니, 주변의 이목이 너무 집중되어서 접근하긴 도저히 무리야. 게다가 앞으로의 일정을 생각한다면 실수 하나라도 용납할 수 없어."

"그러면 그 '일' 은 일정대로 진행되는가?"

"그래, 한 달 뒤 그 장소에서 보도록 해."

"알겠다."

나르디안은 남은 맥주를 단번에 들이켜고 자리에서 일어섰다. 베른 역시 뒤따라 일어섰고 두 남녀는 서로 반대 방향으로 걸음을 옮겼다.

유유히 흘러가는 베로나 강은 보는 것만으로도 마음을 차분하게 가라앉혀 주었다. 거리를 걷는 이들의 표정은 한결같이 웃음으로 가득 찼다. 대륙 전쟁이 끝난 이후 찾아온 평화를 모두 만끽하는 중이었다.

그 평화를 세우는 데 공헌한 두 손으로, 그녀는 옛 동료를 죽였다. 그리고 자신에게 고통만 주었던 평화를 깨뜨릴 작정이었다.

툭.

"어머, 실례."

길을 가던 도중 누군가와 부딪친 나르디안은 짤막하게 사과를 했다. 그리고 로브 밖으로 튀어나온 펜던트를 잽싸게 낚

아채더니 도로 안으로 집어 넣었다. 혹시나 얼굴을 들킬까 봐 후드로 얼굴을 가리는 데 급급해서 상대방이 누구인지 확인할 겨를은 없었다.

나르디안은 다시 가던 길을 걸어갔지만, 그녀와 부딪친 소년은 제자리에 서서 움직이지 않았다. 아래로 내린 두 주먹이 부들부들 떨고 있었다.

'그 펜던트는… 그래, 맞아!'

스승 샤를로트에게 건네받은 이후 단 한 번도 목에서 풀어낸 적이 없었다. 죽는 순간까지도.

그걸 가지고 있을 가능성이 있는 인간이라면, 자신을 죽인 나르디안밖에 없었다. 게다가 잠시 스쳐 가면서 들었던 목소리는 전혀 낯설지 않았다.

분노가 천천히 레이지의 가슴 깊은 곳에서 끓어오르기 시작했다. 예전 죠르제나 칸나를 만났을 때와는 비교조차 못할 악의가 그의 이성을 완전히 뒤덮었다.

레이지는 나르디안이라고 확신한 여성을 향해 몸을 돌렸다. 그녀의 빠른 걸음걸이 때문에 거리는 이미 100미터 이상 벌어졌다. 하지만 당장에라도 뛰어간다면, 그녀의 등 뒤에 검을 찔러 넣을 수 있다.

예전 제이워드가 당했던 것과 똑같이.

"이것 놔!"

레이지는 자신의 오른팔을 강하게 붙들고 있는 쉐스에게 버럭 소리를 질렀다. 지나가던 사람들의 시선이 자연스럽게 그 둘에게 모였다.

"조용히 하십시오. 남들의 눈에 띄어서 뭘 어떻게 하겠다는 겁니까?"

"하지만 방금……."

예전 자신의 육체를 죽인 나르디안를 봐서 그런지, 레이지의 눈은 복수심으로 불타오르고 있었다. 반면 쉐스의 눈은 그 어느 때보다 침착했다.

둘을 지켜보던 사람들은 이내 관심을 잃고 가던 길을 계속 갔다. 그 사이 나르디안은 레이지로부터 더 멀어져만 갔다.

"지금의 당신은 예전과 달리 이성적인 부분에서 냉정한 판단을 내리기 힘듭니다. 당신의 그 격한 반응만 봐도 저 여성이 누구인지 알겠습니다만… 쫓아가서 어떻게 할 작정입니까?"

쉐스의 지적에 레이지는 입을 다물고 천천히 냉정함을 되찾았다.

그녀가 진짜 나르디안이 맞다면, 그랜드 마스터인 그녀를 쉐스와 함께 덮친다 하여도 이길 리 만무하다. 이길 가능성이 없는 대결은 안 하니만 못하다는 게 예전 제이워드 때의 신념이 아니었던가.

"솔직히 당신이 무슨 짓을 하든 간에 전 신경 쓰고 싶지 않습니다. 그러나 당신이 완전히 이성을 잃고 뭔가 저지르려고 한다면, 반드시 막아야 합니다. 그것이 스승님께서 저에게 내리신 부탁 중 하나였습니다."

"엘레노어가?"

"만약 당신이 침착함을 유지하며 저 여자의 뒤를 미행할 작정이었다면 저 역시 조용히 뒤따라 갔을 겁니다. 하지만 지금의 당신은 당장에라도 저 여자를 죽이려는 기세였습니다."

레이지는 쉐스에게 붙들렸던 오른팔을 천천히 아래로 내렸다.

"그래, 네 말이 맞아. 나답지 않았어."

레이지가 원하는 것은 단순한 복수가 아니다.

자신이 죽인 제국 잔당들의 음모를 막고, 크루디아란 이름을 다시는 떠올리지 못하게 뿌리째 뽑아야 한다. 그 과정을 거치는 동안 자연스럽게 그의 복수 또한 완성될 게 분명하다.

"지금이라도 그 여자를 쫓아가겠습니까?"

"아니, 그 여자가 내가 생각하는 사람이 맞다면 어설픈 추격 따위 금세 눈치챌 게 뻔해. 프로를 붙이지 않으면 무리지."

"의외로 포기가 빠르군요?"

"길레터 왕국에 왔다는 사실 하나만 안 것만으로도 충분한 수확이야."

말은 그렇게 했지만 지금 당장에라도 나르디안의 뒤를 쫓아 가고팠다. 목숨을 잃는 한이 있더라도 지금 당장 결판을 봐야 한다는 본능과 지금 실력으로 의미없는 분풀이에 불과하다는 이성이 치열하게 대립하는 중이었다.

"빨리 전하가 있는 곳으로 돌아가도록 하자. 이곳에 계속 있다 보면 미련을 끝내 버리기 힘들 거 같아."

4

"그, 그게 사실입니까?"

오를레앙은 마시던 쥬스를 뿜어냈다. 맞은편에 앉아 있던 레이지는 슬쩍 몸을 숙이며 불상사를 피했다.

"그녀가 걸고 있던 펜던트는, 스승님이 떠나시기 전 저에게 손수 건네줬던 그 펜던트가 분명합니다. 이 시점에서 그걸 가지고 있을 사람이라면 제 죽음을 직접 눈앞에서 본 나르디안밖에 없을 겁니다."

나르디안이라는 이름에 오를레앙의 두 다리가 벌벌 떨기 시작했다.

"이, 이해해 주십시오. 아직도 베른 경과 맞섰던 그날이 이따금씩 악몽으로 나타나곤 합니다."

"당연히 그럴 겁니다."

"그나저나, 나르디안 경이 길레터 왕국에 나타났다는 이야기는… 조만간 이곳에서 큰 일이 터진다는 예고 아닙니까?"

편지를 보내 제국의 이름이 완전히 사라지지 않았음을 알린 지도 어느덧 두 달 전의 이야기가 되어버렸다. 슬슬 그들이 본격적인 움직임을 보여도 하등 이상할 것 없는 때가 되긴 했다.

"전 아버님을 통해 이 사실을 전할 테니, 전하께서는 발렌시아 왕가에 알려주시길 바랍니다."

"물론이지요."

"쥴리앙이라면 알아서 잘 대처하겠지만, 만약의 경우라는 것도 있으니 말입니다."

말을 마친 레이지는 왼쪽에 앉은 쉐스에게 손을 내밀었다. 사실 레이지와 쉐스가 별장을 떠나 카르시 마을로 간 이유는 따로 있었기 때문이다.

"쉐스, 그걸 줘."

쉐스는 수녀 카니아에게 받은 서한을 말없이 레이지에게 건네줬다

예전 동료였던 쥴리앙와 엘레노어, 그리고 프레드릭까지 만난 레이지에게 마지막 희망은 추기경 베아트리체였다. 제이워드였을 때에도 교단과는 딱히 연락할 통로가 없었던 터

라 쉐스를 통해 그녀의 동향을 알아보는 수밖에 없었다. 그밖에 교단 내에서 어떤 일이 벌어졌는지에 대해서도 자세히 파악할 필요가 있었다.

"…이거, 암호문인가?"

기묘한 기호가 편지지 안을 가득 메우고 있었다.

결국 레이지는 쉐스에게 편지를 건네주었다.

"……!"

편지를 대신 읽던 쉐스의 표정이 심각하게 굳어졌다.

"추기경 베아트리체님에 대한 종교재판이 10월 중순에 예정되었다고 합니다."

"종교재판?"

비록 제이워드와 마음이 맞는 편은 아니었지만, 베르시아에 대한 신앙심 하나만큼은 타의 추종을 불허하던 그녀였다.

신을 저버린 배교자에 대한 처벌 목적이 아닌 이상, 종교재판이 진행될 리 만무하다. 아니면 교단의 입장에서 배교자로 몰려 처벌되지 않으면 곤란할 사실을 알고 있을 경우도 생각할 수 있다.

"뜬금없이 종교재판이라니, 원래 베아트리체에 대해 나쁜 소문이라도 있었나?"

"그건 절대 아닙니다. 이미 고인이 된 데릭 경과 마찬가지로 교단 내의 모든 이들에게 존경받는 분이십니다. 같이 싸운 당신이라면 더욱 잘 알지 않습니까?"

"모르니까 물어본 거잖아. 이성을 찾으라고. 방금 전 네 눈
빛이 어땠는 줄 알아? 프레드릭을 만났을 때의 크루제이커 경
과 똑같았다고."

자신이 몸담은 분야에서 경지에 오른 이를 대하는 태도는
오를레앙이나 크루제이커나 심지어 쉐스마저 크게 다르지 않
았다.

"…이 시점에선 종교재판으로 그분을 이끌려는 자들의 의
도를 우선 파악해야겠군요."

"그래, 그래도 넌 말이 통해서 다행이다. 내가 기억하고 있
는 베아트리체는, 성격상 교단 내 세력 다툼 자체에 끼어들지
않을 타입이야. 그러나 그 어느 쪽에 끼지도 않고 홀로 머물
기엔 그녀의 영향력이 너무 커. 그럴 때 주변의 인간들이 택
할 수 있는 방식은 두 가지로 나뉘지."

"자신의 편으로 베아트리체님을 끌어들이거나, 다른 쪽으
로 갈 경우를 대비해 미리 짓눌러 버리거나, 아닙니까?"

"그래, 맞아."

프레드릭은 순수하게 조국의 안위를 위해, 베아트리체는
신의 가호를 널리 퍼뜨린다는 사명감을 갖고서 전쟁에 뛰어
들었다. 사리사욕이 없는 능력자들은 이미 같은 편일 경우 믿
음직스럽지만, 그렇지 않을 경우 존재한다는 것 자체만으로

도 눈에 거슬리게 마련이다.

'왠지 모르게 프레드릭의 경우와 겹쳐지는 느낌이야. 그렇다고 교단의 성지를 직접 방문할 수도 없는 노릇이고.'

쥴리앙이야 그의 아들 오를레앙과 우연히 마주쳐 쉽게 만날 수 있었고, 엘레노어는 예전에 기억하던 마법진을 통해 그녀가 칩거하고 있는 암흑의 숲으로 만나러 갈 수 있었다.

프레드릭의 경우도 나름 쉽게 접근할 수 있었다. 문제는 베아트리체는 교단이라는 특수한 집단의 성질상 앞서 거론된 경우처럼 접근하기엔 무리였다.

"앞으로 어떻게 일이 진행될지 모르겠어."

이제까지 레이지가 기대하던 방향의 전개가 아닌, 원치 않는 쪽으로 일이 흘러가긴 처음이었다. 그러나 오히려 이런 변수가 생기는 게 정상에 가깝다. 일이 예상대로 흘러가게끔 조정하는 자보다, 일이 틀어지더라도 제2, 제3의 활로를 찾아내는 자가 훨씬 두려운 법이다.

우선 베아트리체의 합류 가능성은 지금으로선 0에 가깝다. 나르디안이 조만간 벌일 사건을 해결한 뒤에 다시 생각하기로 결정했다.

"그런데 그것 말고는 다른 내용은 없어?"

"베아트리체님의 추기경 자리를 대신할 회의가 진행 중입니다. 이건 그다지 중요한 건 아니겠죠. 그밖에 배교 혐의로 투옥된 가르시아님에 대한……."

"가르시아?"

레이지는 낯설면서 동시에 가슴속에서 뭔가 울컥하는 기분을 동시에 받았다.

'분명히 어디에서 들어본 적이 있는 이름이야. 칼루아 왕국에서 만났던… 아, 세리타에게 들었던가? 아니야, 그보다 훨씬 예전에 들었던 것 같아.'

"데릭님의 동생 분이신 가르시아님을 모르십니까?"

"데릭? 아!"

5

베르시아 교단의 총본산, 성지(聖地) 바르디아 정가운데에는 대륙에서 가장 웅장한 성소인 베르시아 대성당이 자리 잡고 있다.

성스러움 그 자체라는 말 외엔 달리 표현할 방법이 없는 대성당 지하에는, 극히 일부의 성직자만이 알고 있는 공간이 존재한다.

일주일 전, 53살의 나이로 명을 달리한 케이서스 공화국의 소드 마스터 젤런 A. 하이엘른의 시신이 성스러운 땅 바르디아로 이송되었다. 독실한 베르시아교 신도인 그의 유언에 따라 베르시아 대성당에서 거룩한 장례식이 진행될 예정이었다. 하지만 영혼이 떠난 그의 육체는 현재 대성당 지하에서 난도질 당하는 중이었다.

붉은색 법의를 걸치고 있는 열 명의 사제는 입을 가리는 마스크를 쓰고 젤런의 시신 주변을 둘러쌌다. 복부가 훤히 드러난 젤런의 육체를 그들은 유심히 관찰하면서 오러 유저의 육체가 어떤 식으로 마나를 운용하는지 파악하는 중이었다.

"우, 우욱……."

그들 중 한 명이 치밀어 오르는 구역질을 참지 못하고 고개를 옆으로 돌렸다. 그것을 시작으로 다른 이들도 순서대로 두려움과 역겨움에 몸을 가누지 못했다. 처음으로 시신 해부에 참여한 이들을 제외하고는 차가운 눈빛으로 젤런의 육체 안을 관찰하고 마나와의 반응 정도를 기록했다.

베르시아 교단의 성서에 따르면, 영혼이 떠난 육체를 모독하는 일이 엄하게 금지되어 있다. 그 모욕 중 가장 큰 죄는 시체를 해부하는 일로서, 이는 베르시아를 믿는 이들에게만 금지되는 게 아니라 대륙의 일반적인 상식에 가까웠다. 혹시라도 시체에 손을 댔다가 발각될 경우 배교자로 낙인찍힘은 물론이거니와 수십 년간 감옥에 투옥되는 경우가 다반사였다.

하지만 막상 성지 바르디아에선 비밀리에 시체 해부가 수백 년이 넘는 시간 동안 성행되었다. 해부의 대상은 생전 높은 능력을 지녔던 오러, 홀리, 매직 유저들이었다.

　살아서 이름을 날린 자들인 만큼, 장례식을 성지에서 치를 자격을 갖추었다. 죽은 이후 베르시아의 품으로 더 가까이 가고픈 그들의 욕망을 교단은 자연스럽게 이용했다.

　그렇게 많은 능력자들의 시체를 해부함으로써 교단은 인간의 마나가 어떤 식으로 육체를 통해 발현되는지 파악할 수 있었다.

　게다가 인간의 육체를 신의 가호로 복원하는 성직자들의 힐링(Healing)은 더욱 발전하게 되었다. 인간의 육체가 어떤 식으로 구성되었으며, 어떤 식으로 복원해야 부작용없이 원래대로 돌아가는지 파악하기 쉬웠기 때문이다.

　물론 그들이 비밀리에 행하는 해부는 절대 외부로 알려져서는 안 되기에 철저하게 비밀이 유지되었다. 반대로 교단의 교리를 통해 성지를 제외한 다른 곳에선 인간의 시체 해부를 엄하게 금했다. 이런 방식으로 교단은 마나의 운용법이나 인간 신체의 구조에 대해서 그 어떤 국가보다 우위에 설 수 있었다.

*　　*　　*

　"잘 진행되고 있는가?"

베르시아 교단의 128대 교황, 안드레아 H. 코르세는 거대한 성상을 올려다보며 물었다.

"네, 오늘 저녁이면 모든 작업이 끝나고 장례식 준비가 진행될 예정입니다."

그의 오른팔인 제이콥스 H. 네드론 추기경은 안드레아를 향해 허리를 숙인 채 대답했다.

50대에 들어선 안드레아는 교황이 되자마자 그동안 교단 내에 만연했던 비리를 척결하고, 대다수 추기경들의 반대를 무릅쓰고 대륙 전쟁에 직접 참여해 기나긴 혈전의 종지부를 찍었다.

하지만 그 이면에는 전대 교황이 금지했던 시체 해부를 비밀리에 부활시켰고, 전 대륙을 교황령으로 만들겠다는 야심을 차근차근 진행했다. 그 야심의 첫 번째 방해자는 크루디아 제국이었고 그 다음 방해 요소는 대마법사 제이워드였다.

교단 내에서 비밀리에 진행되었던 시체 해부가 전대 교황에 의해 금지되자, 그동안 쌓아두었던 지식들까지 봉인되었다. 안드레아는 그 지식을 직접 정리해서 체계적으로 관리했고, 수가 드물 수밖에 없는 듀얼 클래스 중 성당기사단의 규모를 크게 확장시킬 수 있었다.

하지만 그는 진정한 야심만큼은 제이콥스만을 제외하고 그 누구에게도 알리지 않았다.

"제이콥스 추기경."

"네, 예하."

"다른 세상의 존재를 불러올 수 있으며, 이미 지나간 시간을 되돌릴 수 있으며, 원래 육체가 죽더라도 다른 이의 몸으로 되살아날 수 있는 인간이 있다면, 자네는 어떻게 생각하나?"

안드레아는 고대의 사라졌던 마법인, 서클 '0' 의 마법에 대해 알고 있는 극소수의 인간 중 하나였다. 그리고 그 마법을 '제대로' 구현하기 위해서는 많은 희생이 필요하다는 것도 파악했다.

시체 해부를 부활시킨 것도 서클 '0' 의 마법을 보다 세밀하고 정확하게 구현시키기 위한 방법 중 하나였다. 크루디아 제국은 교단과 더불어 자체적으로 시체 해부를 실시하던 유일한 국가였기에 신의 이름으로 멸망시켜야 했다.

"그런 인간이 존재할 리 있겠습니까?"

"그래, 맞아. 존재할 수 없겠지. 인간이라면 말이야."

그의 진정한 목표는, 인자한 미소로 모든 인간들을 내려다보는, 그러나 그 인간들의 운명을 자신의 손아귀에 움켜쥔 존재가 되는 것이었다.

"그런 존재를 신이라 부르지 않고 뭐라 지칭하겠나?"

'신' 이라는 단어에 제이콥스는 움찔거렸다.

"그 세 가지를 모두 이룰 수 있다면, 난 궁극의 존재가 될 수 있다네. 그것을 위해서라면 난 그 어떤 고난과 희생이라도 치를 각오가 되어 있어."

물론 그 고난과 희생을 안드레아 본인이 치를 생각은 조금도 없었다. 위대한 존재가 되기 위해서 보잘것없는 인간들이 대신 희생하는 건 당연한 진리로 받아들여졌다.

"이제 그날이 머지않아 찾아올 걸세. 난 새로운 세상의 위대한 존재가 되고, 그대는 나의 뜻을 받드는 예언자가 되는 거지. 영광스럽지 않은가?"

"황송할 따름입니다."

바로 그때 노크 소리가 문 밖에서 들렸다.

"들어오너라."

안드레아의 허락이 떨어지자 문이 열리면서 복사(Acolyte) 한 명이 두 무릎을 꿇고 방바닥에 머리가 닿도록 숙였다.

교황에 대한 예를 표한 그는 제이콥스에게 조심스레 다가가 귓속말을 건넸다. 그리고 다시 한 번 무릎을 꿇고 머리를 숙인 뒤 문 밖으로 나갔다.

"예하, 송구스럽게도 안 좋은 소식을 전해야 할 것 같습니다."

제이콥스의 안색은 파랗게 질려 있었다. 그에 반해 안드레아는 온화한 미소를 유지하며 제이콥스를 바라보았다.

"말해보게나."

"배교자… 가르시아가 탈옥했다는 보고입니다."

"뭣이?"

안드레아는 잔뜩 찡그린 얼굴로 분노를 있는 그대로 드러
냈다.

6

베르시아 교단의 중심지인, 성지(聖地) 바르디아.

유일신 베르시아에 대한 기도 소리만이 울려 퍼지던 평화
로운 이곳에 성당기사단원들이 집결해서 누군가를 수색 중이
었다. 현 교황이 머무르고 있는 베르시아 대성당 주변은 평소
보다 몇 배에 해당하는 경비병과 성당기사단원들이 소집돼
호위망을 구축한 상태였다.

모든 사제들은 각자의 숙소 혹은 지정된 성당에서 벗어나
는 게 금지되었고, 성지순례 목적으로 찾아온 일반 신도들은
성지 밖으로 나가지 못하고 발이 묶여 버렸다.

성지 내 모든 성당기사단원들이 물샐틈없는 수색 작업을
벌이는 와중, 남들의 눈에 띄지 않은 낡은 성당 안에 작은 소
동이 막 끝났다.

"으윽."

성당기사단 제3조 조장인 세리타는 벽에 등을 기댄 채 주저앉아 있었다. 오러와 홀리 두 가지 능력을 동시에 지닌 듀얼클래스인 그녀의 왼쪽 어깨엔 깊은 상처가 자리 잡고 있었다. 성당기사단 고유의 능력인 재생(Regeneration)이 발동하고 있음에도 상처의 회복은 눈에 띄게 더디었다.

세리타를 따라온 열 명의 성당기사단원 역시 그녀처럼 부상을 입고 바닥에 쓰러져 신음 소리를 내고 있었다. 그들이 걸치고 있는 은제 플레이트 아머 곳곳에 종이처럼 찢어진 듯한 흔적이 자리 잡고 있었다. 세리타를 포함한 총 열한 명이 상대한 자는 단 한 명이었지만, 그 한 명을 이기지 못하고 패배해야 했다.

"베아트리체님."

중후한 음성이 성당 한가운데에 홀로 서 있는 남자의 입에서 흘러나왔다. 원래 지니고 있던 갈색 머리카락은 피에 가까운 붉은색으로 변해 있었고, 왼쪽 눈동자는 원래의 검은색이 아닌 적색을 띠고 있었다.

"더 이상 이곳에 당신이 있을 이유는 없습니다. 돌아오는 것은 당신이 없어지기만을 바라는 자들의 종교재판뿐입니다."

그가 서 있는 자리 주변은 붉은색 피가 넓게 퍼져 있었다. 몸에 상처 하나 입지 않았지만, 흘러나온 피는 순수하게 그 혼자만의 피였다.

베아트리체는 성상을 정면에 두고 무릎을 꿇고서 두 손을 모아 기도하고 있었다. 지그시 감은 두 눈은 그녀가 품고 있는 갈등을 감추고 있었다.

"당신은 이곳에서, 이런 식으로 사라져야 하는 인간이 아닙니다. 그들의 목적이 뭔지 알고 있지 않습니까?"

그의 말에도 베아트리체는 조금의 미동도 없이 입술만을 움직이며 기도문을 읊을 뿐이었다.

"외면하시겠다는 겁니까?"

순간, 석상처럼 굳어 있던 그녀의 몸이 움찔거렸다.

"저에게 곧잘 이야기하시지 않았습니까? 제국과의 전쟁은 서로 피를 부르는, 피로 물든 대지만 바라봐야 했던 끔찍한 아수라장이었다면서. 그럼에도 당신은 고개를 옆으로 돌려 외면하지 않고 정면을 바라봤다고 말했습니다."

그는 베아트리체의 오른쪽에 서서 왼손을 내밀었다.

"저는 더 이상 베르시아님의 축복을 받을 수 없는, 블러디 나이트(Bloody Knight)가 되어버렸지만 당신은 다릅니다. 당신이 어떤 선택을 하며 행동하느냐에 따라 베르시아님의 진정한 가르침을 행할 수 있을지도 모릅니다."

블러디 나이트.

오러 유저에게 있어서 가장 큰 위험 요소인 마나 컨트롤 실패를 겪은 이들 중 극소수는 버서커(Berserker)가 되어버린다. 오러 유저와는 전혀 다른 방식으로 마나를 사용하는 이들은 자제력을 상실하며 오직 본능에 따라 무기를 휘두른다.

그 버서커들 중 일부 선택받은 자들은 잃어버렸던 '이성'을 다시 손아귀에 움켜쥐게 된다. 그들이 바로 블러디 나이트라 불리는 특수능력자들이다.

"자, 선택하십시오. 교단을 대표해서 제국과의 전쟁을 승리로 이끌었던 영웅으로 죽을 것인지, 아니면 배신자라는 낙인을 짊어지는 한이 있더라도 숨겨진 진실을 알릴 것인지를!"

베아트리체는 감았던 두 눈을 뜨고 고개를 옆으로 돌려 그를 올려다보았다. 그의 붉은 눈동자에 서려 있는 강한 의지에 그녀는 말없이 고개를 끄덕거렸다.

"자! 빨리 떠나야 합니다."

그는 베아트리체의 손을 붙든 뒤 성상 아래에 숨겨진 비밀 통로의 입구를 열었다. 그는 먼저 베아트리체를 통로로 내보낸 후 뒤를 돌았다.

"세리타, 미안하게 되었군."

"가르시아… 님."

"그대의 입장을 이해 못하는 바는 아니야. 하지만 지금의 나는 그대에게 잡혀서는 안 돼. 시간이 지나 모든 걸 말할 수 있게 되면 그때 용서를 빌도록 하지."

전직 성당기사단 부단장이었던 가르시아 T. 하이젤부르크.

그는 자신의 옛 부하인 세리타를 한동안 응시한 뒤, 비밀통로로 뛰어들었다.

"베아트리체님, 부탁드립니다."

가르시아의 말에 베아트리체의 몸에서 백색의 빛이 뿜어져 나왔다. 한치 앞도 안 보이던 지하 통로가 어둠에서 벗어나 직선으로 쭉 뻗은 길을 드러냈다.

Chapter 43

깨져 버린 평화

1

　나르디안과 우연히 마주쳤던 다음 날, 레이지는 크로이덴 가로 돌아갔다. 오래간만에 집무실에 홀로 앉아 책을 펼치고 휴식을 취하려던 케인즈는 아들의 말을 듣고 두 눈을 동그랗게 떴다.

　"그게 사실이냐?"

　"벌써 세 번째 같은 질문입니다."

　"널 믿지 않는다는 게 아니다. 하지만 네 말이 사실일 경우 준비해야 할 일이 한두 가지가 아니라는 건 잘 알고 있겠지?"

　제국의 잔당과 손을 잡고 있음이 유력한 그랜드 마스터, 나르디안이 길레터 왕국 내에 몰래 잠입했다는 말에 케인즈는 여러 가지 생각이 뒤엉켜 머리가 복잡해졌다.

가뜩이나 지난 각료회의 때 제국의 잔당들이 본격적으로 움직일지 모른다는 의견을 내놓자, 구체적인 증거를 제시해 달라는 반박에 시달려 심신이 지친 상태였다.

"꽤 피곤해 보이시는군요."

"말도 마라. 펠튼님이 없었다면 난 완전히 수세에 몰릴 뻔했다. 그나마 그분이 내 의견을 지지해 줘서 이 정도지……."

레이지가 제이워드의 숨겨진 제자이며, 그 사실을 입증해 준 프레드릭의 존재를 밝힐 수만 있다면 쉽게 해결될 문제였다. 그러나 그 두 가지 사실을 지금 시점에서 밝혀선 안 된다고 레이지가 몇 번이나 충고했기에 케인즈 혼자 속을 끙끙 앓아야 했다.

"그냥 속 시원하게 네가 그분의 제자라는 걸……."

"아직은 안 됩니다."

레이지는 케인즈의 말을 끝까지 듣지 않고 미리 부정했다.

"제가 제이워드… 님의 제자라는 사실은 둘째치더라도, 프레드릭 경의 존재가 아무 일도 터지지 않은 지금 알려지면 여러 모로 곤란해집니다. 특히 졸다크 왕국과는 외교전까지 각오해야 할 것입니다."

"끄응, 결국 내 속만 답답해지지 않느냐!"

레이지 역시 내색하지 않았지만 답답하기는 마찬가지였다.

원래 계획대로라면 베아트리체에게 어떻게든 접근해서 자신이 제이워드라는 사실을 밝히고 그녀의 도움을 얻어내는 과정으로 진행되어야 했다.

그러나 베아트리체가 종교재판에 회부된 이상, 그녀를 만나기는 무리라고 판단했다. 그리고 나르디안이 길레터 왕국에 들어온 이상, 무언가 일을 터뜨릴게 자명했기에 그것부터 막아야 했다.

'데릭의 동생이 교단에 있을 줄이야. 미리 파악했어야 했는데, 내 실수야.'

가르시아의 존재는 레이지에게 여러 모로 갈등을 일으켰다. 자신을 위해 목숨을 바친 전우 데릭을 위해서라도, 가르시아 역시 베아트리체와 함께 구해내야 한다.

'하지만 지금의 난 교단에 영향력을 끼칠 수 없어. 나르디안이 저지를 일을 해결한 뒤라면 모를까.'

레이지는 심각한 표정으로 여송연을 뻑뻑 피우고 있는 케인즈를 바라보았다.

"제이워드라는 이름이 가치를 가질 때는, 그것을 사람들이 필요로 할 시기가 온 이후입니다. 사람들이란 앞으로 닥쳐 올지 모르는 위기 따위 무시하게 마련입니다. 위험이 본인을 뒤

덮은 후에야 뒤늦게 후회하며 도와줄 사람들을 찾게 마련이
죠."

"하지만 발렌시아 왕국은 철저한 대비를 했다던데……."

"모든 나라가 이성적인 판단을 내릴 거라는 기대는 안 하
는 게 좋습니다."

"휴우, 역시 네 말대로 기다려야만 하겠냐?"

"혹시라도 제가 본 여성이 나르디안 경이 아닐 경우도 감
안해야 합니다. 잔뜩 조심했다가 막상 일이 안 터지면 터진
것보다 더 큰 비난을 감수해야 하실 겁니다. 아쉽지만, 일이
터진 이후 최소한의 피해로 수습하는 게 최선의 방안입니
다."

"역시 막는 건 불가능할까……."

케인즈와 펠튼의 강력한 주장 덕분에 제국 잔당에 대한 경
계심 자체는 확실히 커졌다. 그러나 막상 앞으로 터질 일을
막아내지 못하면 경계심 따위 아무런 소용이 없다.

"걱정하지 마십시오. 프레드릭 경의 힘이라면 그들이 원하
는 불상사 자체만큼은 막을 겁니다."

"그래, 그렇게 믿어야지."

레이지의 말에 납득했음에도 케인즈의 마음은 여전히 무
거웠다. 그가 지금 할 수 있는 건 여송연을 깊게 빨아들이는
것 외엔 없었다.

2

　지하 수련실에 머무르고 있는 프레드릭은 매일 두 시간씩 크루제이커와 케이지를 번갈아가며 상대했다. 하녀들은 두 오러 유저가 홀로 수련을 한다고만 생각했기에 프레드릭의 존재 자체를 알 수 없었다. 가끔 강렬한 오러 때문에 저택이 흔들려도 그 두 사람 때문이라고 여겼다.

　"오늘도… 감사합니다."

　온몸이 땀으로 범벅이 된 케이지는 비틀거리며 연습용 검을 내려놓았다. 그에 반해 프레드릭은 땀 한 방울 흘리지 않고 검을 쥐고 있었다.

　"덕분에 예전의 감각이 돌아오는 느낌입니다. 매번 케이지 경과 크루제이커 경에게 감사드리고 있습니다."

　오늘 크루제이커는 펠튼의 잔소리를 못 이기고 메리슨 부인의 저택을 방문하러 갔다. 덕분에 케이지는 프레드릭과 단둘이서 대련할 기회를 잡았다.

　오러 랭크는 크루제이커 쪽이 케이지보다 한 단계 높았지만, 배운다는 입장으로 임하는 크루제이커와 달리 케이지는 반드시 이기겠다는 집념으로 프레드릭에게 달려들었다. 그 결과 프레드릭은 실전에 가까운 분위기로 검을 맞대며 잃어

버렸던 실력을 조금씩 회복 중이었다.

"케이지 경은 전쟁을 경험한 적이 없다고 들었습니다만, 제 말이 맞습니까?"

프레드릭의 말에 케이지는 수그리고 있던 고개를 번쩍 들고 그를 응시했다. 몇 번이나 숨을 들이마시고 내쉬며 호흡을 고른 뒤에야 대답했다. 프레드릭 앞에서 더 이상 지친 기색을 보여주고 싶지 않아서였다.

"저 역시 나라를 위해 전쟁에 참여하고 싶었지만, 제가 소드 마스터가 되었을 때는 이미 전쟁이 막바지로 향하고 있었습니다."

20대에 소드 마스터에 도달했지만, 실전 경험이 없는 케이지를 전쟁에 참여시켰다가 아깝게 목숨을 잃는 불상사를 길레터 왕국은 원하지 않았다. 전쟁이 끝난 후 길레터 왕국의 입지를 위해서 케이지가 살아서 존재하기를 바랐다.

프레드릭은 자신을 바라보는 케이지의 눈빛에서 언젠간 이기고 말겠다는 강한 집념을 느꼈다. 이것은 자신을 처음 봤을 때와 조금도 변함이 없었다.

"케이지 경의 잠재력은 전에 말했다시피 무궁무진합니다. 특히 마지막으로 보여준 그 기술은 제 예상이라면 오러의 순환을 극도로 빠르게 해서……."

"…오러를 수십 번 겹친 것 같은 효과를 일으키는 게 목적이었습니다. 역시 프레드릭 경은 단번에 알아채셨군요."

"조금이라도 방심했다면 쓰러진 쪽은 케이지 경이 아닌 제 쪽이었을 겁니다."

그건 사실이었다.

무수한 전쟁을 겪으며 터득한 전투 본능이 아니었다면 반격을 가하기는커녕 피하기도 힘들었을 것이다.

"아버님께선 결국 그 기술을 익히기 직전에 포기하셨다고 말하셨습니다. 저 역시 아직 완전히 익힌 상태는 아니지만, 자신감만큼은 확실히 얻었습니다."

"하지만 그걸 발휘하기 위해선 반드시 넘어야 할 벽이 존재합니다. 아니, 굳이 그 기술 하나에만 국한된 것만은 아닙니다."

"전쟁 말입니까?"

"네, 어디까지나 실제 피가 솟구치는 전장에서 적을 향해 휘두르는 검과 이곳에서 저에게 휘두르는 검은 다를 수밖에 없습니다."

프레드릭은 기나긴 전쟁 동안, 뛰어난 실력을 갖추고 있음에도 실전에서 발휘하지 못해 어이없이 죽어나간 이들을 많이 봐왔다. 그 때문일까, 프레드릭은 자신의 실력은 노력보다는 죽음을 운 좋게 피해나간 '우연'의 산물이라 믿었다.

"걱정하실 필요 없습니다. 전 그 누구 앞에서도 떨지 않을 것입니다. 지금 프레드릭 경을 상대하는 것처럼 말입니다."

자신감이 충천한 케이지와 달리, 프레드릭은 우려를 감출 수 없었다. 그가 앞으로 어떤 좌절을 겪을지 예상되었지만 굳이 입 밖으로 소리 내어 말하지 않았다.

지금 케이지에겐 그 어떤 충고도 먹히지 않을 테니까.

3

브렌다의 별장으로 돌아온 레이지는 심각한 얼굴로 정원을 응시했다.

베아트리체와 어떻게 접촉할지, 가르시아를 어떤 방식으로 구출해야 할지 머리를 굴려봤지만 딱히 떠오르는 해답이 없었다. 무엇보다 나르디안이 여전히 길레터 왕국에 머무르고 있다면 언제 행동할지에 대해서 구체적으로 떠오르지 않았기에 고심은 깊어져만 갔다.

"역시 대축제 기간을 노리지 않겠습니까?"

"저 역시 그렇게 생각합니다만, 그것만으로는 부족합니다. 확실히 축제 기간 내에 뭔가 터진다는 확정을 내리지 않으면 곤란합니다."

길레터 왕국의 대축제는 주변 나라에서도 구경 올 정도로 거대한 규모를 자랑한다. 그런 축제를 언제 터질지 모르는 일

때문에 연기하거나 삼엄한 경계를 펼친다면, 그 비난은 케인즈와 펠튼에게 쏟아질 게 분명하다.

"현재 나르디안의 움직임에 적극적으로 대응할 수 있는 인물은 전하와 스승님, 그리고 펠튼경과 크로이덴 가문뿐입니다."

"그분들 말고도 다른 소드 마스터들이 있지 않습니까?"

"그들은 크로이덴 가문을 경계하고 있기에 쉽사리 따라오지 않을 것입니다. 실제로 아버님께서 넌지시 앞으로 뭔가 터질지 모른다는 뉘앙스로 이야기해 봤지만 허튼 소리라며 일축했다더군요."

한 가문에 두 명이 아닌 무려 세 명이나 소드 마스터가 나올지 모른다는 소식은 크로이덴 가문에게 축복이지, 다른 오러 유저들에겐 질투와 경계밖에 얻지 못한다.

"아무래도 사람들이 많이 모일 대축제 기간에 일이 터질 겁니다. 수많은 인파를 일일이 통제하기도 무리일 게 뻔한 만큼, 혼란을 주기에 최적의 시기입니다."

하지만 대축제는 5일에 걸쳐 진행된다. 그 날짜 중 하나를 골라 택해야 한다. 레이지는 일어서더니 8자를 그리며 베란다 위를 빙빙 걸었다.

"그들이 원하는 것은 예전 제국이 보여주었던 공포와 혼란을 되살리는 것이 분명합니다. 그렇다면 구태의연하더라도 제국과 관련 있는 날을 고를 거라 추측됩니다."

거기까지 말한 레이지의 머릿속에 두 개의 숫자가 떠오르더니 각각 달과 날짜와 연결되었다.

9월 30일.

크루디아 왕국이 제국임을 선포했던 날이었다.

이날만큼 제국의 잔당들이 크루디아의 이름을 또 다시 사람들에게 공포로 각인시키기 적절한 날은 없었다.

"뭔가 짐작되는 날이라도 있습니까?"

"네, 제가 만약 그들이라면 반드시 선택할 거라 생각되는 날짜가 막 떠올랐습니다."

"오, 그렇다면 그날이 오기 전에 미리 관련자들을 색출한다면……."

레이지는 오를레앙의 얼굴 앞에 손을 내밀며 그의 말을 저지했다.

"지금 여건상 불가능한 일입니다. 전 오히려 그들이 '일'을 벌이기를 바라고 있습니다."

"네?"

레이지는 놀란 얼굴의 오를레앙을 바라보며 차분하게 이야기를 이어나갔다.

"다른 곳이 아닌 이곳 길레터 왕국에서 그들이 움직인다면, 그들에게 있어서 자신들의 존재를 본격적으로 드러내는 첫 단추임이 분명합니다. 그들에게 예정된 계획 자체가 시도조차 못하고 막히는 것보다 더 열 받는 게 뭐겠습니까?"

"흐음, 지금으로선 딱히……."

"그들이 모습을 드러냄과 동시에, 자신들이 죽인 제이워드의 이름이 부활하는 것입니다."

"아하!"

첫 단추를 끼는 것 자체를 사전에 막을 수 없다면, 단추를 낀 옷을 벗어던지게끔 불을 지르는 쪽을 택하기로 레이지는 결심했다.

4

베르시아 신성력 1393년 9월 29일.

길레터 왕국의 연례행사 중 가장 대규모로 진행되는 가을 대축제가 어느덧 2일째를 맞이했다.

길레터 왕국의 수도 벨거스 성은 축제를 즐기기 위해 수도를 찾은 국민들과 타국에서 온 관광객들로 불야성을 이루었다. 총 열 개의 서커스단이 초청되어 공터에 자리를 잡고 묘기를 맘껏 뽐냈으며, 천여 개에 달하는 임시 상점이 설치되어 관광객들의 돈을 긁어모으다시피 했다.

평민들은 평민대로 길거리에서 흥겹게 춤을 추며 맥주를 들이켰고, 귀족들은 미리 정해진 순서대로 파티를 주최하며 축제를 맘껏 즐겼다.

온 거리가 축제 분위기에 물들었지만, 유독 조용한 곳이 있었다.

현 길레터 왕국의 왕인 보르지아 6세의 동생, 켈릭 대공의 저택 앞에 마차 한 대가 멈춰 섰다. 경비병은 마차 안을 확인한 후 대문을 열었고, 마차는 정문까지 천천히 이동했다.

마차 밖으로 갈색 로브를 걸친 여성이 내리더니, 엽서 한 장을 꺼내 정문에서 대기 중인 노집사에게 건넸다.

"안으로 들어오십시오."

여성은 머리에 뒤집어쓴 후드를 매만지며 얼굴이 드러나는 걸 극히 꺼렸다. 집사를 따라 태공의 침실 안으로 들어온 여성은 문을 닫은 뒤 로브를 벗어던졌다.

"대륙 전쟁의 영웅이신 그랜드 마스터 나르디안 경을 뵙게 되어 영광입니다."

붉은색 소파에 앉아 있던 40대 남성이 그녀를 알아보고 쥐고 있던 와인잔을 높이 들어 올렸다.

"한 잔 같이 하시겠습니까?"

"사양하겠어요."

나르디안은 고개를 가로저은 뒤 켈릭의 맞은편 소파에 앉왔다.

"그동안 잠복해 계시느라 고생이 많으셨습니다."

"그럭저럭 참을 만했답니다."

그녀는 자신의 붉은 머리카락을 어깨 너머로 넘긴 뒤 가볍게 숨을 내쉬었다. 다른 곳과 일정을 맞추기 위해서라지만 그녀 성격상 남들의 눈을 피해 한 곳에 머물러 있는 건 도저히 적성에 맞지 않았다.

켈릭은 유리 탁자 왼쪽에 놓여 있던 두 장의 종이를 나르디안의 앞에 오도록 슥 밀었다.

"이건 내일 검술시합의 일정표입니다, 그리고 요건 당일 배치될 경비병들과 지휘관들의 위치와 교대 시간입니다."

그녀는 두 장의 서류를 번갈아가며 읽은 뒤 미소를 지었다.

"나르디안 경을 도와줄 이들도 현재 대기 중입니다."

"어느 정도 실력을 갖추었죠?"

"5랭크의 소드 마스터가 네 명, 4랭크의 소드 엑스퍼트가 세 명입니다. 그 외 수백여 명의 병사들도 대기 중입니다. 혹시 부족하다고 느끼신다면 지금이라도 당장……."

"딱 적당한 숫자예요. 너무 많으면 시작도 전에 눈에 띌 가능성이 있어요. 어차피 목표는 단 하나 아닌가요?"

"하긴, 막상 거사가 진행되면 나르디안 경이 알아서 해주실 거라 믿어 의심치 않습니다."

대륙 전쟁 당시 길레터 왕족 직계 혈통 중 유일하게 참전한 자는 켈릭이 유일했다. 전쟁이 끝난 후 참전 용사로서 대접을 원했던 켈릭에게 돌아온 것은 전쟁 당시 길레터 왕국군의 물자를 몰래 빼돌린 혐의였다.

　왕의 동생이라는 이유로 그의 죄는 공포되지 않고 얼버무려졌다. 그러나 되려 켈릭은 전쟁에서 고생한 자신을 이딴 식으로 대접하느냐며 호통만 쳤다. 더 나아가 조사를 지시한 이가 보르지아 6세라는 걸 알고 이를 갈았다.

　"기대되십니까?"

　나르디안은 입술이 귀에 걸린 켈릭을 바라보며 물었다.

　"당연하지 않습니까? 이제야 대륙 전쟁 당시 고생한 대가가 눈앞으로 다가왔습니다. 당장에라도 내일이 오기를 바라고 있습니다."

　탐욕으로 가득 찬 켈릭은 나르디안에게 쓰레기 그 이상도 이하도 아니었다. 하지만 이런 뒤틀린 욕망을 가진 인간이야말로 이용하기에 최적의 상대라는 걸 그녀는 알고 있었다.

　"제 이름을 걸고 장담하겠습니다. 내일, 길레터 왕국의 왕은 바뀔 것입니다."

　"보르지아 6세가 아닌, 켈릭 3세로?"

　"물론입니다. 절 믿으십시오."

베르시아 신성력 1393년 9월 30일.

벨거스 성을 들썩이게 만든 대축제도 어느덧 3일째가 되었다.

오늘 예정된 행사 중 하나는 백여 명의 무희들과 광대들이 참여한 퍼레이드였다. 시민들은 대로 주변에 모여들어 퍼레이드 행렬에 꽃을 뿌리며 들떠 있었다.

거대한 구조물 위에 올라선 무희들은 아름다운 몸매를 맘껏 드러내며 화려한 춤을 보여주었고, 광대들은 우스꽝스러운 분장과 복장을 한 채 재주를 보이면서 모두의 웃음을 이끌어내었다.

"와하하하! 이거 행복하구먼!"

유독 한 명의 광대가 큰 웃음을 터뜨리며 함박웃음을 짓고 있었다. 그 주변에서 춤을 추고 있는 무희들은 아예 신경 끄고 자신들에게 환호성을 보내는 시민들 쪽만 바라봤다.

단 한 명의 무희만 제외하고.

'전하! 너무 눈에 띄면 곤란해요!'

무희로 분장한 카트린느는 남들이 듣지 못하게 귓속말을 건넸다.

'이렇게 아름다운, 그리고 바람직한 노출도의 여인들을 옆에 두고 웃지 말라고? 말이 되는 소리라고 생각해?'

새빨간 코를 붙이고 온갖 색의 분을 얼굴에 더덕더덕 칠한 오를레앙은 아무리 봐도 광대로밖에 보이지 않았다.

'어디까지 저희들은 일이 터질 경우를 대비해서 숨어 있는 거잖아웃!'

'그때는 그때고, 지금은 지금이야! 난 지금의 행복을 맘껏 누리겠어!'

오를레앙은 마음속으로 굳게 다짐했다.

본국으로 돌아가면, 메이드뿐만 아니라 무희들도 왕성에 거주시킬 거라는 거대한 야심을.

*　　*　　*

한편, 왕성 내 진행 중인 검술대회는 많은 이들의 환호성과 박수와 함께 무르익어 가고 있었다.

평소 왕궁기사단의 연습장으로 쓰이던 공터에 좌석을 설치하고 가건물을 지어 원형의 대련장으로 꾸몄다. 야외 퍼레이드와 달리 이곳에 모인 이들은 대부분 귀족들이었다.

"이번 대련의 승자는 제일론 가문의 메티스 경!"

"와아!"

승자를 알리는 심판의 깃발에 관중들은 환호성을 지르며 휘파람을 불어제꼈다. 어디까지나 순수한 검술만으로 승부한다는 의미에서 오러의 사용은 금지되어 있다. 그러나 높은 랭크의 오러 유저일수록 검술 역시 높아지는지라 역대 우승자들은 대부분 소드 마스터들이 차지했다.

그 역사를 최초로 깨뜨린 이가 바로 크로이덴가의 가주 케인즈였다. 케이지 역시 소드 엑스퍼트 시절 참여해 우승을 거머쥐는 드라마를 연출했다.

"……."

하지만 지금 케이지는 옛 추억이 서린 검술대회를 바라보면서 긴장을 늦추질 못했다. 어제 레이지가 모두를 모아놓고 한 말 때문이었다.

"제 예상대로라면 내일 제국의 잔당들이 움직일 것입니다. 아버님과 형님, 그리고 펠튼님께서는 검술대회장으로 가주시길 바랍니다."

왕궁기사단의 기사단장인 케이지는 이곳을 경호하는 역할을 담당 중이었다. 검술대회의 우승자에게 트로피를 수여하는 일은 대대로 왕의 일이었고, 현재 보르지아 6세는 왕비와 함께 검술대회를 관전 중이었다.

그는 관중석 맨 뒤에 서서 수상한 움직임을 보이는 자들이 없는지 수시로 확인했다. 그리고 왕이 앉아 있는 특별석을 몇 번이고 주시했다.

보르지아 6세는 옆에 앉아 있는 펠튼과 이야기를 주고받는 중이었다. 아직까지 다행히도 아무런 일 없이 검술대회가 진행 중이었지만, 지금의 평화 속에서도 케이지의 입안은 바짝 말라 있었다.

"다음 시합의 참가자를 소개하겠습니다! 유일한 여성 참가자로서, 멀리 지방에서 참가한……."

6

"시시해."

피로 범벅이 된 땅바닥 위에 한 남자가 왼쪽 눈을 살짝 찡그렸다.

"이런 잔챙이들 말고 거물들을 상대하고 싶었는데 말이야, 쩝."

그는 아쉬워하며 육포 한 조각을 꺼내 입에 물었다. 30대 후반으로 보이는 외모와 달리 얼굴에는 장난기가 가득했다.

그의 주변에는 온통 피투성이가 된 시체들이 널브러져 있었다. 갑옷을 걸치고 있는 기사들이 대부분이었지만, 단 한 명 어린 소년의 모습이 눈에 띄었다. 반쯤 베인 목에서 피가 철철 흘러내리고 있었고, 동그랗게 뜬 눈의 초점은 고정되어 있었다.

"그래도 그렇지, 랭크 3의 소드 엑스퍼트들만 있을 줄이야. 한 나라의 왕자가 행차하시는데 소드 마스터 정도는 경호로 붙여야 하는 거 아냐?"

그는 그랜드 마스터보다 한 단계 아래인, 랭크 6의 소드 마스터였기에 베른이나 나르디안과 달리 상대적으로 부담이 적은 곳으로 투입되었다.

그가 담당한 일은 칼루아 왕국의 왕자 데이비드를 암살하는 것이었다. 마음 같아서는 직접 왕궁 안으로 쳐들어가 왕자는 물론이거니와 왕의 목까지 베어내고 싶었지만, 왕은 살려둬야 한다는 지시에 투덜거리며 왕자의 목숨을 앗아갔다.

평소 우울증에 시달리던 왕자를 위로하기 위해 왕성 뒤에 자리 잡은 숲으로 사슴 사냥을 떠난 호위기사들은 사슴이 아닌 자신들이 진짜 '사냥감'이 될 줄은 꿈에도 몰랐다.

"크으윽, 당신은……."

"호오, 날 알아보는 거야?"

왼쪽 어깨와 옆구리, 그리고 오른쪽 눈을 검에 꿰뚫린 기사는 당장에 숨이 끊어져도 이상할 게 하나도 없었다.

"이럴 줄 알았으면 옛날 소설에 나오는 것처럼 통성명부터

하고 죽일 걸 그랬나?"

"페이더스 왕국의 퓨리언… 경이 왜 우리들을……."

"이야, 나도 꽤 유명인사였나 봐?"

퓨리언 A. 데임하인.

대륙 전쟁 당시 크루디아 제국에 맞서 싸운 인물 중 하나로서, 전투 중에도 항상 여유를 잃지 않고 강자와의 대결을 웃으면서 즐기던 오러 유저였다. 그의 실력을 눈여겨 본 제이워드가 손을 내밀 정도였지만, 자신은 조국을 지키기 위해서만 싸우겠다며 정중히 거절한 적도 있었다.

하지만 그의 뛰어난 실력과 반대로 그의 모국 페이더스 왕국은 약소국이었다. 제국의 기습 작전에 의해 순식간에 페이더스 왕국은 초토화되었고, 퓨리언은 뒤늦게 병력을 되돌려 모국을 구출하려고 했다.

3일 밤낮을 가리지 않고 말을 타고 달려온 그를 맞이한 것은, 불타오르는 집과 대문에 목매달려 죽어 있는 가족들이었다. 이는 퓨리언의 활약이 제국이 침입해 온 시점에서 되려 독이 될 거라 판단한 시민들의 만행이었다. 그가 지켜주었던 페이더스 왕국의 시민들은 퓨리언의 저택에 난입해 그의 가족들을 끌고 나온 뒤 목을 매달았다.

그 사실을 알게 된 퓨리언은 신기하게도 분노를 느낄 수 없었다. 대신 이 따위 인간들을 지키기 위해 생사를 넘나들었던 자기 자신에 대한 실망과 후회만을 느꼈다.

결국 페이더스 왕국은 멸망했지만 퓨리언의 가슴에 남은 상처는 조금도 아물지 않았다. 더 이상 크루디아 제국이란 이름은 그에게 증오의 대상이 아니었다. 모든 것이 무의미하다고 느낀 그는 홀연히 모습을 감추었고 대륙 전쟁이 끝난 뒤에도 세상 밖으로 나오지 않았다.

그런 그의 앞에 검은색의 편지가 도착했다. 편지 봉투를 뜯고 안의 내용을 읽은 그의 입가엔 잃어버렸던 미소가 돌아왔다.

"너도 참 딱하다. 아직 어려 보이는데 이 따위 왕족 하나 지키려고 목숨을 내던지냐? 이렇게 죽어봤자 보상금 조금 나오고, 장례 한 번 거창하게 치르는 거 빼고 남는 거 없다고."

"크윽……. 나, 나는……."

"더 이야기를 나누고 싶은데, 아쉽게도 너 곧 죽을 거 같네? 편히 잠들도록 이거라도 덮어줄게. 고맙지?"

퓨리언은 커다란 천을 펼치더니 기사의 몸 위에 덮어주었다. 각각 적색과 푸른색을 띤 두 마리의 사자 사이를 가로지는 검이 천 위에 선명하게 자리 잡고 있었다.

"날 원망하기보단, 이런 세상에서 태어난 걸 저세상에서 한탄하라고."

메디앙 공화국 내 명문가로 잘 알려진 다리스가의 저택이 고요에 휩싸였다. 예정대로라면 오늘 점심부터 시작될 파티로 많은 귀족들이 한데 어우러져 떠들썩한 분위기여야 했다.

파티에 참석한 자들 중 살아서 숨 쉬는 자들은 아무도 없었다. 그들이 걸친 호화찬란한 드레스와 예복은 붉은색으로 점철되어 버렸다.

시체들이 즐비하게 널브러져 있는 참혹 속에서 홀로 서 있는 남자가 있었다. 그는 흠집이 가득한 플레이트 아머를 걸치고 있었고, 투구로 얼굴을 가리고 있었다. 갑옷 가슴 부분에 새겨져 있던 메디앙 공화국의 문장은 무언가에 마구 긁혀 원래 모양을 찾을 수 없었다.

자신의 이름이 더럽혀지는 걸 두려워해서 얼굴을 가린 것이 아니었다. 언젠간 반드시 다시 만날 딸에게 아버지가 배신자라는 오명이 드리워지길 원치 않았기 때문이다.

"벨라인가."

그는 정면을 응시한 채 자신의 등 뒤에 나타난 여성이 누구인지 알아봤다. 카펫에 그려진 마법진 위로 모습을 드러낸 여마법사 벨라는 피웅덩이 속에 발을 디뎠다. 튀어오른 핏방울이 스커트 끝자락에 스며들었지만 벨라가 손을 아래로 내밀자 도로 튕겨 나가더니 바닥에 떨어졌다.

"베른 경 쪽은 이미 다녀왔어요. 아주 훌륭하게, 피바다를 만들었던데요?"

"그런가."

그랜드 마스터 마키스의 말에는 억양의 변화가 전혀 없었다. 더 이상 감정이란 걸 느낄 수 없게 된 그에겐 한때 동료였던 이들을 죽였음에도, 조국을 배신한 지금에도 죄책감을 느낄 수 없었다.

벨라는 붉은색 하이힐에 피가 묻지 않도록 마법으로 몸을 살짝 띄웠다. 그리고 마키스의 등에 다가가더니 두 팔로 그의 허리를 감쌌다.

"나에게 달라붙지 마라."

"당신의 등, 너무나 매력적이어서 왠지 모르게 기대고 싶어져요."

벨라의 말이 끝나기 무섭게 마키스는 몸을 돌리더니 검을 앞으로 내질렀다. 워낙 빠른 동작에 벨라는 미처 피할 생각조차 못했다.

하지만 그의 검끝은 정확히 벨라의 코끝에 닿기 전에 멈췄다. 검끝에는 그가 베어낸 동료의 피가 맺혀 아래로 방울져 떨어지고 있었다.

"날… 자극하지 마라."

부인 밀레나의 죽음 이후로 매일 밤 피투성이가 된 밀레나를 부둥켜안고 우는 악몽에 시달려야 했다. 그리고 그 옆에 울고 있는 딸 케이트를 보는 순간 꿈에서 깨어났다. 살리지 못하고, 인질로 잡혀 버린 두 가족은 유일하게 그에게 남은 죄책감이었다.

그 때문일까, 그는 그 어떤 일이 있어도 여성과 아이에게만큼은 검을 겨누지 않겠다고 맹세했다. 실제로 시체가 된 여성들은 모두 그가 원해서 죽인 자들이 아니었다. 자신의 연인이나 남편을 감싸다가 함께 죽은 경우였다. 그 외 다른 여성들은 무사히 저택 밖으로 도망갔다.

"부탁이다."

"…알겠어요. 본의 아니게 당신의 상처를 건드린 점, 정말로 미안해요."

더 이상 자신의 눈앞에서 여자가 죽는 걸 보는 것도, 자신이 죽이는 것도 싫었다.

단 한 명, 그랜드 마스터 나르디안을 제외하고.

*　　　*　　　*

페르디어스 왕국.

프라디나스 대륙 남서쪽에 위치한 이 나라는 영토의 3/4이

산맥으로 이루어진 험난한 환경을 지니고 있다.

이 왕국에 태어나는 자들은 특이하게도 오러나 매직, 홀리 유저가 될 수 없었다. 프라디나스 대륙에 사는 인간이라면 당연히 지녀야 할 마나가 그들의 몸에서 감지되지 않았기 때문이다.

프라디나스 대륙에서 멀리 떨어진 곳에서 온 이민자들이 나라를 세웠다던가, 전혀 다른 공간에서 넘어온 자들로 구성되었다는 등의 주장이 이를 뒷받침했다.

그러나 그들은 다른 국가들과 판이하게 다른 병력 체계를 구축함으로써 병력 하나만큼은 손꼽히는 위력을 자랑하고 있었다.

와이번 라이더(Wyvern Rider).

고대의 마법 문명이 융성하던 시절 존재했다는 고대의 생물 와이번을 어찌된 일인지 그들은 말처럼 타고 다니며 전쟁에 활용했다. 지상이 아닌 하늘을 전장으로 삼는 그들을 막을 자들은 흔치 않았다.

다른 국가들과의 교류를 거부하고 대륙 전쟁 당시 중립을 계속 지킨 그들이었지만 딱 한 번 전투를 치른 적이 있었다. 그것도 크루디아 제국을 상대로.

계속 자신들과 손을 잡을 것을 권유하던 제국은, 중립을 깰 의향이 없다만을 반복하는 대답에 타국에서 식량을 수입하던 경로를 차단하는 것으로 대응했다. 이에 페르디어스 왕국은 와이번 라이더들이 주축이 된 병력을 출전시켰다. 주변 왕국들은 제국의 승리를 점쳤고 크루디아 제국 스스로도 절대 지지 않을 거라 믿어 의심치 않았다.

그러나 결과는 참혹할 정도로 제국의 패배로 끝났다.

비록 그랜드 마스터를 보내지 않은 전투였다 해도, 제국의 일방적인 패배로 끝날지는 아무도 예상하지 못했다. 그 이후 제국은 다시는 페르디어스 왕국의 협력을 요청하지 않았다.

"……."

벼랑 끝에 서 있는 여성의 시선은 산맥 너머 메디앙 왕국령을 향하고 있었다.

보기 힘든 보라색 머리카락이 바람에 휘날렸다. 오른쪽 귓불 위에 꽂은 백색 깃털은 흔들리지 않고 원래의 위치를 고수했다. 가벼운 레어 아머를 걸치고 있는 그녀의 왼손에는 기다란 스피어(Spear)가 쥐어져 있었다.

그녀의 머리 뒤에 자리 잡은 매듭 아래로 붉은색의 머리띠가 두 갈래로 허리까지 내려와 있었다. 하지만 엄밀히 따지면 머리띠가 아니었다. 이마가 아닌 그녀의 두 눈을 가리고 있었다.

"트레이지아 공주님."

자신을 부르는 목소리에 그녀는 고개를 돌려 반응했다.

"시간이 다 되었습니다."

"오라버님께서는?"

"이미 출전하셨습니다."

"알았다."

페르디어스 왕국의 두 번째 공주, 트레이지아 메르티 페르디어스는 오른손 검지와 엄지를 입에 머금고 휘파람을 불렀다.

삐이이이…….

휘파람 소리가 벼랑 아래로 울려 퍼졌다. 그리고 얼마 지나지 않아 거대한 날개를 펄럭이며 검은색 와이번이 벼랑 위로 모습을 드러냈다. 그 뒤를 따라 수십여 마리의 와이번들이 하늘 높이 날아올랐다.

7

"꺄아악!"

퍼레이드를 구경하던 시민들은 갑자기 휘몰아친 피바람에 비명을 지르며 도망쳤다. 오로로 보이는 빛이 번쩍거릴 때마다 잘려 나간 시민들의 머리가 땅바닥에 나뒹굴었다.

평화롭고 활기찼던 거리는 순식간에 공포와 죽음이 뒤범벅된 아수라장으로 바뀌었다. 갑자기 여기저기서 나타난 복면의 검사들로부터 도망가기 위해 서로 뒤엉켜 넘어지는 자들이 속출했다. 다시 일어서기 위해 몸을 일으키는 순간, 눈앞이 새빨갛게 변하면서 힘없이 쓰러져야 했다.

피의 살육이 벌어지는 거리를 보며 퍼레이드 중이었던 무희들은 도망칠 생각도 못하고 겁에 질려 주저앉았다.

"역시 레이지님의 말대로였어!"

오를레앙은 서로 부둥켜안고 벌벌 떨고 있는 무희들 쪽으로 몸을 돌리더니 오른손 엄지손가락으로 자신을 가리켰다.

"어이, 아가씨들. 걱정 말라고!"

오를레앙은 광대복 안쪽에 숨겨놓았던 검을 꺼내 들었다. 보검 아르젠트의 검신은 오러로 찬란하게 빛나고 있었다.

"다, 당신은 누구죠?"

"나?"

광대 차림의 오를레앙은 우스꽝스러운 복장을 벗어 던졌다. 안에 걸치고 있던 예복과 바람에 펄럭이는 망토에는 발렌시아 왕가의 문양이 떡하니 자리 잡고 있었다. 하지만 광대 분장만큼은 지워지지 않은 탓에 우스꽝스러움이 배가되어 버렸다.

"내 이름은 오를레앙 줄리앙 발렌시아! 발렌시아 왕국의 왕태자요!"

"하아…… . 우린 끝났어. 흑흑…… ."

"언니, 우리 이대로 죽는 거야?"

보검 아르젠트까지 뽑아 든 오를레앙이었지만, 무희들은 미친놈 하나 나왔다는 절망감에 자포자기했다.

"에잇! 설명은 나중에 할 테니 여기 꼼짝 말도록!"

오를레앙이 괴한들을 향해 아르젠트를 내밀자, 원형의 빛에 싸인 괴한들의 몸이 공중에 떠올랐다 땅바닥에 처박혔다. 순식간에 오러 유저 세 명을 해치운 오를레앙의 실력에 무희들은 울음을 뚝 그쳤다.

"간다!"

오를레앙은 구조물 위로 높이 뛰어오르더니 길바닥에 무사히 착지했다. 그리고 아르젠트를 머리 위로 들어 올리며 남은 괴한들을 향해 달려들었다. 숨겨놓았던 도를 뒤늦게 꺼낸 카트린느가 숨을 다급하게 몰아쉬며 오를레앙을 뒤따라갔다.

"전하! 조심하십시오!"

"걱정하지 않아도 돼! 이 아름다운 여성들을 위해서라도 난 쓰러질 수 없다고!"

*　　　*　　　*

"크어… 억."

고통에 찬 신음 소리가 대련장에 울려 퍼졌다.

그와 동시에 대련장은 침묵에 휩싸였다.

검술대회 제8경기가 시작되기 전 양쪽의 선수 소개가 끝나자마자 유일한 여성 참가자 레이나의 검에서 뻗어 나온 오러가 마치 뱀처럼 지면을 타고 상대 선수의 몸을 휘감았다. 결국 그는 온몸이 피투성이가 되어 바닥에 쓰러져 버렸다. 멍하니 보고 있던 심판은 뒤늦게 상황을 파악하고 다급히 여검사의 이름을 외쳤다.

"레, 레이나 경! 오러 사용은 금지……."

그녀를 막으려던 심판의 말이 도중에 끊겼다. 그의 목에 붉은 선이 그어지더니 머리가 아래로 툭 굴러떨어졌다.

"꺄아아악!"

여성들의 비명 소리가 울려 퍼지면서 관객석은 혼돈의 도가니에 빠졌다. 모든 관객들이 비상구 쪽으로 서둘러 대피하는 것과 반대로 케이지는 레이나를 향해 달려갔다.

'저 여자는 레이나 경이 아니야! 케이지가 말했던…….'

현존하는 그랜드 마스터 중 유일한 여성인 나르디안이 분명했다. 검을 뽑아 들고서 대련장 안으로 뛰어올라 착지한 케이지는 오러로 검신을 휘감았다.

'상대는 그랜드 마스터, 그렇다면 단 한 번으로 모든 걸 노린다!'

빠른 속도로 순환을 반복한 오러가 검신에 수십 겹으로 누적되어 강렬한 빛을 발했다. 케이지는 로브를 걸치고 있는 나르디안을 향해 빠른 속도로 검을 찔러 넣었다.

챙강!

"아……?"

상대는 그저 쥐고 있던 검을 휘둘렀을 뿐이었다.

반대로 단 한 번의 공격에 모든 걸 걸었던 케이지의 검은 부러지더니 잘려 나간 검신이 땅바닥에 푹 박혔다. 케이지가 현실을 받아들이지 못하고 멍하니 서 있는 사이 나르디안의 체인 소드 '아트락스'가 수십여 개의 조각으로 나뉘더니 검신 가운데에 자리 잡고 있는 와이어를 따라 꿈틀거리기 시작했다.

"으아악!"

빠른 속도로 케이지의 두 다리와 허리, 가슴까지 휘감으며 올라간 아트락스의 검날이 강하게 조여들면서 갑옷을 짓눌렀다. 케이지의 갑옷이 갈라지기 시작하더니 직접 살갗 안으로 파고들었다.

"하아……."

후드를 목 뒤로 넘긴 나르디안의 표정은 귀찮음 그 자체였다. 상대할 가치도 없다고 판단한 이상, 시간을 끌 이유는 없었다.

"······!"

마지막 일격을 가하려던 나르디안은 빠른 속도로 자신을 향해 날아오는 화염구를 보자마자 급하게 옆으로 이동했다. 그리고 화염구를 발사한 펠튼을 향해 돌진했다.

"쿨럭! 쿨럭!"

아트락스로부터 벗어난 케이지는 불에 덴 듯한 고통을 느끼고 목 주위를 어루만졌다. 피가 주루룩 흘러내렸지만 상처의 깊이 자체는 다행히도 얕았다.

'만일 펠튼님의 마법이 조금이라도 늦었다면, 지금쯤 난······.'

케이지는 이제까지 단 한 번도 겪어본 적이 없는 '죽음'이라는 단어가 어떤 의미인지 깨달았다. 부들부들 떠는 손에서 반 토막 난 검이 미끄러지듯 툭 떨어졌다.

"크윽!"

펠튼은 양손을 내밀며 마나의 장벽을 펼쳤지만, 채찍처럼 장벽 위를 두들기는 나르디안의 아트락스를 버텨내긴 무리였다. 펠튼의 몸이 뒤로 주욱 미끄러지면서 마나의 장벽이 산산조각 나버렸다.

"폐하! 빨리 도망치십시오!"

"지금이다!"

나르디안의 외침에 숨어 있던 부하들이 모습을 드러냈다.

펠튼이 시간을 버는 사이 왕비와 함께 도망치던 보르지아 6세 앞을 세 명의 괴한이 막아섰다.

"물러서라!"

8

쿠웅!

포물선을 그리며 날아온 참각도가 괴한 중 한 명을 꿰뚫고 그대로 땅바닥에 꽂혔다. 그와 동시에 반짝이는 빛과 함께 근육질의 남성이 보르지아 6세의 앞에 착지했다.

"폐하! 여긴 저에게 맡기십시오!"

"오오! 크루제이커 경인가!"

"저 혼자만이 아닙니다! 하아앗!"

크루제이커는 참각도를 뽑아 들며 기합을 내질렀다.

그러자 지축이 흔들리면서 그에게 달려들던 괴한들의 움직임이 멈춰졌다.

"폐하를 지켜라!"

케인즈의 외침이 울려 퍼지자 그를 따라온 왕궁기사단원들이 보르지아 6세와 왕비를 겹겹이 둘러싸 호위대형을 형성했다.

"아버님! 그리고 스승님!"

그리고 레이지가 쉐스와 함께 도착했다. 대련장으로 들어오는 입구를 경호하고 있던 레이지는 나르디안의 강렬한 오러를 느끼자마자 연달아 블링크를 구사하며 대련장으로 들어왔다.

　"그녀는 '그분'에게 맡기십시오!"

　"알겠다!"

　"여기는 우리들에게 맡겨라!"

　생각보다 훨씬 빨리 증원 병력이 도착하자 나르디안의 얼굴이 살짝 일그러졌다. 그녀는 자신에게 연달아 화염구를 발사하는 펠튼의 목을 노리고 아트락스를 휘둘렀다. 펠튼은 시전 중이던 화염 마법을 취소하고 급히 마나의 장벽을 정면에 전개했지만, 그것을 피해 대각선을 그리며 아트락스의 검끝이 그의 목 뒤를 노렸다.

　카앙!

　하지만 무언가에 부딪치는 소리와 함께 아트락스는 튕겨 나갔다.

　"왜 당신이 이런 곳에, 이런 모습으로 있는 것입니까!"

　"……설마?"

　나르디안은 놀란 눈으로 자신의 앞을 가로막은 남자를 바라보았다. 그러나 놀란 눈은 이내 가늘어지더니 미묘한 웃음으로 바뀌었다.

"내 검을 오러로 받아낼 사람이라면, 그 남자 말고 당신밖에 없겠죠. 프레드릭!"

두 명의 그랜드 마스터, 프레드릭과 나르디안은 서로 검을 맞대며 격돌했다.

그 사이 나르디안의 부하들과 왕궁기사단원들 간의 혈투가 진행되었다. 케인즈와 크루제이커는 서로 등을 맞대고서 랭크가 높은 오러 유저들을 상대했다. 펠튼은 쉐스와 함께 마나의 장벽을 거대한 반구 형태로 구현하여 보르지아 6세와 왕비를 보호하는 데 전념했다.

'그래, 지금이야말로 전력을 다해 나의 힘을 발휘해야 할 때야!'

레이지의 입가에 희미한 미소가 떠올랐다.

더 이상 자신의 힘을 숨길 이유가 사라졌다.

제국의 잔당들이 노골적으로 자신들의 존재를 드러낸 이상, 제이워드 본인이라는 사실 자체는 끝까지 숨기더라도 억지로 마나를 억누를 필요는 없어졌다.

레이지는 손가락에 끼고 있던 반지를 모조리 빼내 땅바닥에 떨어뜨렸다. 그러자 그동안 억제되었던 마나가 물 흐르듯 레이지의 온몸을 타고 순환하기 시작했다.

레이지는 오른손에 쥔 검에 오러를 구현하면서, 동시에 왼손에 강렬한 화염을 마법으로 형성시켰다. 3미터는 훌쩍 뛰어넘는 높이의 불길이 레이지의 왼 손바닥에서 거세게 뿜어져 나오자, 프레드릭과 나르디안을 제외한 모두의 시선이 일순간 그를 향해 집중되었다.

"펠튼! 저 소년은 도대체 누구인가? 오러와 마법을 동시에 사용하다니……. 내 눈이 잘못된 건 아니겠지?"

위급한 상황 속에서도 보르지아 6세는 두 영역의 힘을 보란 듯이 구사한 레이지로부터 눈을 뗄 수 없었다.

"놀라지 마십시오."

펠튼은 마나의 장벽이 깨지지 않도록 마나를 계속 부여하면서도, 레이지를 바라보며 흐뭇한 표정으로 웃었다.

"저 소년은 과거 대륙 전쟁을 호령하던 대마법사의 숨겨진, 그리고 진정한 제자 레이지입니다!"

"대마법사… 제이워드의? 그게 무슨 소리인가!"

제이워드라는 단어가 가져다준 충격에 보르지아 6세는 놀라지 않을 수 없었다.

"그리고 나르디안과 싸우고 있는 남자는 프레드릭 경입니다!"

"그랜드 마스터 프레드릭? 아니, 그것보다 저 여자가 나르디안? 케이서스 공화국의?"

절대 이곳에 나타날 리 없는 자들의 이름이 펠튼의 입에서 계속 거론되자 보르지아 6세는 혼란에 빠졌다.

"하아앗!"

기합 소리와 함께 프레드릭의 오러 어썰트가 나르디안의 오른쪽 측면을 노리고 날카롭게 파고들었다.

콰아앙!

고막을 찢을 듯할 폭발음과 함께 먼지가 짙게 피어올랐다.

뿌연 먼지가 가라앉으며 나타난 것은 아트락스에 목이 휘감긴 프레드릭의 고통스러운 표정이었다.

"단지 소문만은 아니었던 것 같네요. 역시 당신의 검은 옛날과 달라요."

"크으윽!"

프레드릭은 검을 내려놓고 자신의 목과 아트락스의 검날 사이에 오러로 휘감은 두 손을 힘겹게 집어 넣었다. 손가락과 목에서 흘러나오는 피가 프레드릭의 갑옷 위를 타고 아래로 뚝뚝 떨어졌다.

"……!"

강렬한 마나의 흐름을 느낀 나르디안은 고개를 위로 쳐들었다. 레이지가 구사한 서클 5의 고위 마법, 플레임 드래곤의 불길이 그녀를 노리고 뿜어지기 직전이었다.

화아아악!

나르디안은 몸을 옆으로 급하게 굴리면서 불길로 형성된 드래곤을 피했다. 그리고 급히 몸을 일으켜 세운 뒤 검을 쥐지 않은 왼손을 오러로 휘감아 앞으로 내밀었다. 서클 5의 마법인지라 그다지 힘들지 않게 막아낼 수 있었다.

"역시 그랜드 마스터를 상대로 이 정도 마법은 무리인가?"

그녀는 자신을 공격한 레이지를 날카로운 눈매로 바라보았다. 그리고 난생 처음 보는 광경에 눈동자가 살짝 커졌다.

"오러? 마법?"

베른에게 듣긴 했지만 실제로 보는 것과는 너무나 느낌이 달랐다. 오른손에 쥔 검에서 뿜어져 나오는 백색의 오러와 왼손에 휘감겨 있는 강렬한 바람은 한 사람의 육체에 함께 존재한다는 자체가 너무나 이질적이었다.

"그렇다면 베른이 말하던 그 소년이……."

"나? 나 말이야?"

레이지는 그녀의 이름을 맘껏 외치고 싶었다.

하지만 본능으로 꽉 채워진 듯한 그의 머릿속에 마지막 남아 있는 이성이 간신히 저지했다.

'나는 제이워드의 제자로 알려져야 한다. 지금 그녀의 얼굴만을 보고 나르디안이라는 걸 알아채면 안 돼.'

레이지는 나르디안의 얼굴에서 시선을 천천히 아래로 내렸다.

'아직도 차고 있었군.'

다시 한 번 확인했지만 확실했다.

그 어떤 순간에도 풀지 않고 걸고 다녔던, 스승 샤를로트가 유일하게 남겨준 펜던트였다.

"그 펜던트… 스승의 물건이 분명해. 안 그런가?"

"스승이라니, 그 녀석의 제자는……."

'예전의 자신'을 지금의 스승으로 지칭해야 하는 우스운 상황에 레이지의 입가에 저절로 실소가 머금어졌다.

그러나 달리 생각하면 방금 전 레이지의 말은 거짓이자 동시에 진실이기도 했다. 말 그대로 남들에게는 '스승'으로 알려져야 하는 남자의 물건임과 동시에, 그 자신의 '스승'으로부터 물려받은 것이기에.

"칸나 따위가 아니지, 그분의 제자는."

제이워드는 그토록 소중히 여겼던 펜던트에 시선을 고정시킨 채 룬 문자를 빠른 속도로 읊기 시작했다.

단지 그의 입뿐만이 아니었다. 검을 쥐지 않은 왼손이 그리는 수인으로 또 하나의 주문을 진행했다. 그리고 분노로 가득 찬 머릿속에 룬 문자가 배열되기 시작했다. 허리에 차고 있던 베이그란트의 서가 빛을 발하면서 급격히 소모되는 마나를 보충해 주었다.

"마법진이 동시에… 세 개가?"

나르디안은 놀라지 않을 수 없었다.

자신의 손으로 직접 죽였던 옛 동료만이 구사했던 특기, 트리플 캐스팅을 다시 보게 될 줄은 몰랐기 때문이다.

본능적으로 위험을 직감한 나르디안은 프레드릭의 양손에 붙들린 아트릭스를 빼내려고 강하게 잡아당겼다. 하지만 프레드릭은 남은 오러를 목과 두 손에 집중해 아트락스를 끝내 놓아주지 않았다.

레이지의 몸을 타고 세 개의 마법진이 겹쳐졌다. 그러자 레이지는 오러로 빛나고 있는 검을 양손으로 움켜쥐었다.

화염과 바람, 그리고 전격이 오러로 빛나고 있는 검신 주변을 맴돌며 휘몰아치기 시작했다.

"나는 레이지 크로이덴! 제이워드의… 제이워드의 혼을 잇는 유일한 존재다!"

『불멸의 대마법사』 6권에 계속…

춘부 新무협 판타지 소설
FANTASTIC ORIENTAL HEROES

천애협로

『우화등선』, 『화공도담』의 뒤를 잇는
작가 춘부의 또 하나의 도가 무협!

무림맹주(武林盟主), 아미파(峨嵋派) 장문인(掌門人),
군문제일검(軍門第一劍), 남궁세가(南宮勢家)의 안주인.

그들을 키워낸 어머니-
진무신모(眞武神母) 유월향(柳月香)!

어느 날, 그녀가 실종되는데…….

"하, 할머니는 누구세요?"

무한삼진의 고아, 소량(少兩)에게 찾아온 기이한 인연.

세상과 함께 호흡을 나눌 수 있다면(天地同息)
천하의 이치를 모두 얻으리라(天下之理得)!

이제, 천하제일인과 그녀가 길러낸
마지막 자손의 이야기가 펼쳐진다!

SWORD SLAYER

소드 슬레이어

류연 판타지 장편 소설

FANTASY FRONTIER SPIRIT

그날로 돌아간 그 순간부터 입버릇처럼 붙은 한마디.
"생각해라, 아서 란펠지."

귀족 반란에 휘말린 채 죽어야 했던 기사, 아서 란펠지.
600년 전 마룡 카브라로 인해 봉인당한 세 용사의 영혼.
버려진 이름없는 신전에서 그들이 만났을 때
운명은 또 다른 전설의 서막을 알렸다!

소드 슬레이어!

힘없이 죽어간 모든 인연들을 위하여
무력하고 허망했던 어제를 딛고
멈추지 않는 오늘을 달려 내일을 잡아라!

**위선에 가득찬 검들을 향해
여섯 번째 마나 소드, 에스카룬의 검이 질주한다!**

Book Publishing CHUNGEORAM

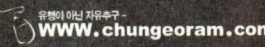
유행이 아닌 자유추구 -
WWW. chungeoram.com

낭인무사
浪人武士

정민교 新무협 판타지 소설
FANTASTIC ORIENTAL HEROES

2011년 대미를 장식할
준.비.된. 작가 정민교의 신무협이 온다!
『낭인무사(浪人武士)』

"죄수 번호 사천이백삼, 담운!"
"……!"
"출옥이다."

만두 하나.
고작 그 하나에 이십 년 옥살이를 한 소년, 담운.
그 답답하고 억울한 마음을 풀어낸다!

무림맹! 구대문파! 명문세가!
겉만 번지르르한 놈들은 다 사라져라!
겉과 속이 다른 너희들을 심판하러 내가 왔다!

Book Publishing CHUNGEORAM

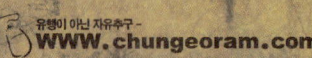
유행이 아닌 자유추구 -
WWW.chungeoram.com